D+

dear+ novel

mimikara koini ochiteiku・・・・・・・・・・・・・・・・・・・・・

耳から恋に落ちていく

月村 奎

新書館ディアプラス文庫

耳から恋に落ちていく

contents

illustration : 志水ゆき

耳から恋に
落ちていく

1

「ここで、渚《なぎさ》先生のワンポイントでーす！」

番組アシスタントの女性のハイテンションな振りに、いつものようにこわばった笑顔で、森《もり》澤《さわ》渚はカメラに向かって生真面目《きまじめ》な口調で言った。

「ホットケーキは必ず蓋《ふた》をして焼くこと。そして、まだ早いかなというくらいでひっくり返すのが大事です」

「まだ表面は完全に生《なま》ですよね」

「このくらいで返した方が、裏面がきれいに焼けて、全体がふっくらします」

「確かに！　こちら、焼きあがったものですけど、普段家で焼くものと高さが全然違いますね！」

渚は完成品にバターとシロップを添えて、台本通り「ひとくちいかがですか」とアシスタントに勧めた。

「あ、いいですか？　じゃあいただきます！」

ひとくち大に切ったホットケーキを口に運んで、アシスタントは目を瞠《みは》る。

「うわぁ、ふわふわでくちどけが全然違います。いつものホットケーキと雲泥《うんでい》の差ですぅ」

大袈裟《おおげさ》すぎる感想にどう反応していいのかわからず、無言で顔に笑みを貼《は》りつかせているうちに、収録は終了となった。

「お疲れさまでした！」

番組スタッフから次々ねぎらいの声がかかり、渚も「ありがとうございました」とぼそぼそ返す。

「いつものように、片付けはこちらでやらせていただきますので」

ＡＤの言葉に「どうも」と口の中でもごもご礼を言って、渚はキッチンから二階の自室へと、逃げるように引っ込んだ。自宅のキッチンは、人気料理研究家である母親の仕事場を兼ねており、一年ほど前になりゆきで二世デビューした渚も、テレビ番組の収録のときにはいつもここを使っている。

いったん自室に引っ込んだ渚だったが、キッチンに携帯を忘れたことに気付いて引き返す。階段を半《なか》ばまでおりたところで、下からスタッフのひそひそ話が聞こえてきた。

「礼子《れいこ》先生なら、撮影《さつえい》あがりにお茶くらい出してくれるのにな」

「その気の利《き》かなさと傲慢《ごうまん》さが二世品質じゃん？」

自分の悪口が耳に入って、渚は思わず立ち止まった。

「だいたいさ、ホットケーキミックスを、袋のレシピ通りの配合で焼くって、プロのやることか？」

「まあだけど、渚先生の場合、そのお手軽かつ融通《ゆうずう》のきかないレシピがうけてるわけだし」

「プラスあのルックスな？　顔面偏差値《へんさち》の高さはアイドル級だよな」

「放送事故ぎりぎりの愛想のなさも、不思議と好評だし」

「礼子先生も逆の意味で放送事故ギリギリだけどな？」

豪快《ごうかい》で斬新《ざんしん》な料理と明るいキャラクターで知られる母親を引き合いに出してひとしきり笑ったあと、なにやら頬張る気配が伝わってくる。

「でもこのホットケーキ、マジうまいな」

「うわぁ、なにこのやわらかさ！」

こき下ろされているのか褒《ほ》められているのかわからないスタッフの本音トークに落ち着かない気分になりながら、渚は携帯を取りに行くのを諦《あきら》めて、こそこそと自室に戻った。

陰口を叩かれるのはなにも今に始まったことではない。この一年というもの、いたるところで「二世だから」「二世なのに」と言われ続けてきた。別に好きで二世料理研究家になったわけではないのだが。

自分がダメ人間だという自覚は、物心ついたころからあった。名の知れた脳外科医の父親と、明るさが売りの料理研究家の母親の間に一人っ子として生を受けた渚は、残念ながら両親どちらの長所も受け継いでいなかった。

幼いころから人見知りで、とにかくコミュニケーションが苦手だった。両親が社会的に名のある人物なだけに、息子もさぞや利発な子供だろうと思われがちなことが、さらなるプレッシャーを呼び、人見知りに拍車をかけた。

とにかく目立たないよう、話しかけられないように過ごし、学生時代はそれでなんとか切り抜けられたのだが、就職先で教育係の先輩に目をつけられ、日々厳《きび》しい指導を受けた。

声が小さい。笑顔がない。コミュニケーション能力が低すぎる。

当初の叱責に関しては、どれも怒られて当然のことばかりで、今思い出しても百パーセント自分が悪いと思う。渚なりに努力もし、上司や取引先の中にはかわいがってくれる人たちも出来たが、その先輩にだけは何をどう頑張っても気に入ってもらえなかった。

女上司に気に入られているのはどうせその顔だけだとか、クズは何をやらせてもクズだとか、叱責《しっせき》は日ごとにエスカレートし、「おまえの存在は会社のお荷物」「生きてる意味あんの？」などの言葉を毎日浴びせかけられて、最後は胃潰瘍《いかいよう》で倒れて入院を余儀《よぎ》なくされ、そのまま退職することとなった。

もしも誰かがそんな目に遭《あ》っているのを見たら、渚だって明らかにパワハラだと思っただろう。だが自分のこととなると、正しい判断ができなかった。先輩に指摘されたことは、自分でも昔から自覚していたことだから、先輩に非はない気がして、すべては自分がいけなかったのだと落ち込んだ。

渚の両親はどちらもおおらかで、一人っ子の渚に愛情を注いでくれたが、それぞれに天職を愛し非常に多忙なため、子供のころからあまり立ち入ってこなかったし、職場でのあれこれを話したがらない息子をしつこく詮索《せんさく》することもなく、

「おまえ一人くらい、一生養ってやるから、体調が戻るまで家でのんびりしなさい」というスタンスだった。

親公認のニートとなって実家に舞い戻ったものの、渚はなにかとこまごまと動いていたいタイプだったので、ひとまず家事手伝いの立場に落ち着いた。子供のころから、多忙な両親に代わり家の中のことを担当してきたのもあって、家事全般が得意だし好きだった。両親は掃除や片付けが大の苦手なのだ。

思えば、両親の長所だけでなく短所も、渚は引き継いでいなかった。両親は掃除や片付けが
渚は父親の書斎を整え、母親の仕事場であるキッチンをピカピカに磨《みが》き上《あ》げて、使い勝手良く工夫した。おしゃれな空《あ》き箱や空き瓶《びん》を活用して、見ても使っても楽しい収納を作るのは得意だった。

母親がキッチンで撮影を行う日は、生花やインテリアの配置にも気を配り、使う食器の色合いにアドバイスをしたりもした。

そんな渚の姿に、番組プロデューサーが目をつけた。ここ数年、二世の男性料理研究家が

次々ブレイクしており、渚はさらにそのルックスや暮らしぶりにも女子うけしそうな要素があるというのだ。

母親の料理番組への顔出し出演を依頼されたとき、最初は即座に断った。スポットライトを浴びる場に立つのも、親の七光りと言われるのも、もっとも苦手なことだった。

だが、仕事を辞めて引きこもって一年。根が真面目な渚は、このままでいいのかという焦《あせ》りを感じ始めてもいた。健康な若い成人男性がこんな生活を送っているのは、親の七光りよりもさらに恥ずべきことではないか。

プロデューサーは顔を合わせるたびに口説《くど》いてきた。実家に身を寄せる立場でありながら、母親が世話になっている仕事相手に無下《むげ》な態度をとり続けるのはひどく気がとがめた。

自分のようなダメ人間に目をかけてくれる相手に感謝すべきだし、再就職前の度胸試しにもなるかもしれないと、渚は一度だけという条件で出演を引き受けた。

母親のアシスタントとして出演した生番組で、渚はデザートのみメインで担当した。柑橘《かんきつ》を数種類使った簡単なゼリーだったが、緊張もあり、自分の作業でいっぱいいっぱいで無言無表情になってしまい、ほとんど放送事故レベルの出来だった。

これでもう二度と出演依頼などされないだろうと、安堵《あんど》とそれを大幅《おおはば》に上回る自己嫌悪で、また胃に穴があきそうな気分になったが、意外にも番組は話題を呼んだ。予定調和よりも予測不能を喜ぶ視聴者に、渚のテレビ慣れしていないキャラクターが大いに受けた。

次々と出演依頼が舞い込み、料理のみならず、自宅キッチンのインテリアや生活空間にまで取材が入り、その暮らしぶりがムック本で出版された。

『男もほっこり暮らしたい』『実家男子のていねい暮らし』という二冊の本のタイトルは担当編集者が命名したもので、渚は少しもほっこりしていないし、いい歳をして実家で暮らしていることを恥ずかしく思っていたが、なぜか世間には好意的に受け止めてくれる人たちがいて、ただただ戸惑《とまど》うばかりだった。


収録の日は神経を張りつめているせいか、ひどく疲れてしまう。ついベッドでうとうとして、ハッと目を覚ましたらもう深夜だった。父親は学会、母親はテレビ番組の企画でヨーロッパを回っており、家の中は静まり返っている。

そういえば今日は火曜日だった、と、慌ててテレビをつける。この時間にやっているアニメが渚のちょっとした楽しみなのだ。

深夜にやたらとアニメを放送していることを、渚はニート生活の中で気付いた。ニュースや社会派の番組を見ていると、自分がまともな社会から逸脱《いつだつ》してしまったことをひしひしと思い知らされて落ち込むこともあり、テレビといえばもっぱら通販番組とアニメばかりをＢＧＭ代わりに流していた。

渚のお気に入りの『深夜戦隊モエルンジャー』は、タイトル通りコミカルな戦隊もののアニメだ。途中から見始めたので詳細《しょうさい》な設定はよくわからないのだが、五人組の正義のヒーローのうち、四人が女の子というハーレムアニメで、妹キャラだったり、ボーイッシュだったり、セクシーだったり、幼馴染みだったりする。彼女たちがそれぞれの属性に見合った特技で敵を倒していくのだが、渚が好きなのは、白一点のレッド隊員だった。女の子たちに振り回され、尻に敷かれる三枚目キャラでありながら、彼女たちの危機には必ず身を挺《てい》して彼女たちと地球の平和を守る。本当はものすごくかっこいいのに、わざと三枚目を装っているところに真の男らしさを感じて、きゅんとする。

キャラクターの造形以上に、その声の演技が好きで、画面を見るというより、うつらうつらしながら音声だけ聴いていることも多い。

テレビCMや、バラエティ番組のナレーションでも、多分同じ声優と思われる声を耳にすることがあって、そんなときはつい耳をそばだててしまう。

あえて、その声の主の名前やプロフィールを知りたいとは思わなかった。

なりゆきで料理研究家になってから、渚は一度だけネットでエゴサーチをしたことがあるが、悪口や嘲笑《ちょうしょう》をいくつも目にしてしまい、以来おそろしくて、自分はもとより好きな人や物に関しても検索《けんさく》するのが恐怖になってしまった。

それに加えて、その好みの声の主に、自分の中で実体を与えたくないという気持ちもあった。

渚は薄々、自分はバイかゲイではないかと思っている。そもそも恋愛感情とか性欲とかが希薄なタイプで、二十四歳の今まで一度も誰ともつきあったことはないが、高校時代にほんのり心惹《ひ》かれた相手は同性だった。しかもそのときも、一番に魅力を感じたのは相手の声だった。

人の声に特定の魅力を感じることは昔から時々あった。子供のころには、味噌《みそ》やチョコレートのCMに出ていた自分と同じ年頃の子役の声の波長がとても心地よくて、テレビでそのCMが流れるたびに聴き入っていた。

声フェチでしかも同性が対象というのは、特殊な性向なのではないかと、今は思う。

しかし高校時代はさほど深く考えていなかったので、なにかの折に相手に、声が好きだと伝えたことがある。相手は一瞬固まり、「なにそれ、超キモいんだけど」と怖いものでも見るような顔で言った。別に告白したわけではない。ただ単に声を褒《ほ》めたつもりだったが、なにか異常性がにじみ出てしまったのかもしれない。

そんなこともあり、渚は今、この声の持ち主に実体を持たせたくなかった。テレビの向こう側から聞こえてくる別世界の声として、アニメそのものと同じように、架空の存在として癒《いや》されたかった。

硬軟自在に演じ分ける美声を、ベッドの上で目を閉じて聴きながら、しかしすごいよなと、渚は感心する。声だけでこんなに人をドキドキわくわくさせるなんて。親の七光りでなんとなく仕事にありつき、スタッフからも、ネット上でも、陰口を叩かれ、単なる面白《おもしろ》い見世物としてかろうじてなりたっている自分の仕事ぶりとは雲泥《うんでい》の差だ。

『俺はすべての女の子たちを守るために生まれてきたんだ』

レッド隊員が艶《つや》やかな低音でいつもの決め台詞《ゼリフ》を発し、渚はベッドの上で枕《まくら》を抱《かか》えて身悶《みもだ》えた。その気障《きざ》な台詞に女性隊員たちがボロクソにツッコミを入れるのも、いつも通りの流れだった。

ピンクもイエローもブルーもグリーンも贅沢《ぜいたく》だよなと憤慨《ふんがい》する。間近で目を見てこんなことを言われたら、俺だったら鼻血を出して失神する。

そんなことを考えている自分にふと我に返って、自己嫌悪に陥《おちい》る。『男もほっこり暮らしたい』などという本を出している半ニートの料理研究家が、男性声優の声に萌《も》え悶《もだ》えているなんて、世間から見たら気持ち悪いだけだろう。こんな趣味嗜好《しこう》は絶対に誰にも知られてはいけない。

番組の間に、戦隊アニメのブルーレイのCMが挟《はさ》まる。初回特典にドラマCDが付くと知って、思わず予約したくなったが、ぐっとこらえる。のめりこんではいけない。こうやって聞き流して癒されるくらいでちょうどいいのだ。

平日の朝食は原則として家族三人で食べるというのが、渚が幼いころからの森澤家のルールだった。一人息子が成人した今も、それは変わっていない。といっても、全員揃《そろ》う日は月に何度もないのだが。

朝食の支度は大概《たいがい》渚が担当する。暑くなってきたので、ディッシュトレイを貝細工の夏らしいものに替えてみたり、ガラスの小鉢《こばち》や清涼な青磁《せいじ》の皿などを組み合わせて季節感を演出したりするのは、楽しい作業だった。焼きたての丸パンにとろとろのオムレツ。プチトマトのマリネ。すっぱいものが苦手な父親のヨーグルトには、酸味の少ない手作りの桃《もも》ジャムを添える。淹《い》れたてのコーヒーを温めたミルクとともにカップに注ぐと、父親が新聞から顔をあげて微笑《ほほえ》んだ。

「渚くんの朝ごはんは、どこの高級ホテルよりも魅力的だよ」

「ありがとう」

「あら、このジャム、もしかしてお中元の桃で?」

母親がガラス瓶のジャムを覗《のぞ》き込《こ》む。

「うん。傷《いた》みかけてたから全部煮て、空き瓶に詰めておいたけどよかった?」

「助かるわ。んー、ほどよい甘みでおいしい。ねえ、今日の仕事先への手土産《てみやげ》に、ひと瓶もらっていってもいい?」

「どうぞ」

頂《いただ》き物《もの》が多い上に家族が少ないので、生ものは傷む前に手を入れておくのも渚の役割だった。

母親はインスピレーションで豪快に作る類《たぐい》の料理を得意としており、手間のかかるジャムやパン作りはあまり性《しょう》に合わないようだ。

渚は逆に、そういうこまごましたことが好きだった。少し前にたくさんもらった南高梅《なんこううめ》も、梅干しと梅シロップとジャムに仕込んだ。一人黙々とこなす家事には、なんともいえない充実感がある。

「うーん、今朝《けさ》のパンもおいしいね。渚くんはいいお嫁《よめ》さんになれるよ」

渚の性指向を知らない父親の能天気なジョークに笑顔をひきつらせていると、母親が軽く父親の腿《もも》を叩いた。

「料理ができるからいいお嫁さんだなんて、前時代的な考えはやめてちょうだい。今は男の子だってひととおりの家事くらいできないと、お婿《むこ》さんにもらってもらえないのよ」

「いずれにしても、渚くんの未来は安泰《あんたい》だな」

とうに成人している息子に対して、両親はいささか甘すぎる。社会人として大切なのは、家事能力よりも、経済的かつ精神的に自立することだと思うのだが。

世間から見たら、自分の現状は親の甘やかしが招いた結果と思われていそうで、そこも渚がうしろめたく思っている点だ。人間の人格形成に環境や躾《しつけ》はもちろん影響するとは思うが、自分の場合は持って生まれた性格がいちばん大きいと思っている。頭脳も性格も親とまったく似ていない自分。大概の親ならどこかの時点で呆《あき》れたり怒ったりしそうなものだが、渚の両親は大学受験で第一志望に落ちたときにも、仕事を辞めて家でぶらぶらしていたときにも、失望した様子は一切なく、常に適度な距離感であたたかいまなざしを向けてくれていた。

甘やかされたからこうなったというより、両親が甘かったから、この程度のところで踏みとどまれているのだと思う。

いつか親孝行をしなくてはと思いながら、渚はまだあたたかい丸パンを二つに割って、冷たいマリネを挟《はさ》む。オリーブオイルとハーブが香るマリネ液がパンにしみこんで、なんともいえずおいしい。

「あら、いいわね、その食べ方。新番組でやったら？」

母親がにこにこと言う。

「……新番組？」

「あ、そうだ、言い忘れてたわね。権藤《ごんどう》さんに、深夜の五分枠《わく》のお料理番組のメインを、渚にお願いできないかって打診されてるの」

「え……」

渚は思わず固まった。権藤というのは、渚に目をつけて売り出したプロデューサーだ。深夜とはいえ、料理番組にメイン出演というのは荷が重い。今も時々出演はしているが、それは母親のバーターだったり、情報番組の料理コーナーに不定期に出る程度のことだ。

「メイン……」

気の重さがこもった声で無表情に呟くと、横から父親がにこにこと口を挟んできた。

「渚くんが気乗りしないなら、断っていいいんだよ」

「そうよ。別に無理しなくていいんだから。んー、このちょっと甘めのマリネ、パンに合うわね」

母親は渚を真似てパンにマリネを挟み、幸せそうに頬張っている。

ここで「せっかくのチャンスなんだから、絶対にやりなさい」と言われたら、さらに尻込みしていたと思う。だが、両親がどこまでも甘いせいで、却《かえ》って危機感を覚える。

半ニートの身で、気乗りするとかしないとか言っている場合ではない。やるのだ。やるしかない。

「俺なんかで務まるかわからないけど、話、聞いてみる」

渚が言うと、母親はあらよかったと携帯を取り出し、画面をちょちょいと操作する。

そんな母親の姿を見ながら、いつまでもこうして親の七光りに甘えているわけにはいかないなと思う。いずれちゃんとした仕事を探さなくては。

2

テレビ局の会議室で行われる新番組の最初の打ち合わせに、渚《なぎさ》は緊張しながら足を運んだ。

正直、気が重い。

自宅のキッチンでの仕事は、自分のテリトリーという安心感が多少なりともあるが、たまにこうしてテレビ局などに来るたびに、場違い感に心拍数があがる。会社勤めさえ満足にこなせなかった自分が、先生と呼ばれてテレビに出るなんて、あってはいけないことではないか。

受付で入行証をもらい、会議室へと向かう間に場違い感はピークに達する。

帰りたい。やっぱり無理。しかしたくさんの人に迷惑をかけることを思うと、ここで逃げ帰る勇気もない。

俺って本当にダメなやつ。

自己嫌悪にまみれながら会議室の前まで来て呼吸を整えていると、背後からポンと肩を叩かれた。

「渚くん、いつも五分前行動で偉《えら》いね！」

声をかけてきたのは、権藤《ごんどう》だった。元々母親と懇意《こんい》の権藤は、まるで親戚《しんせき》の幼い子供でも褒《ほ》めるような口調で言う。もう四十を超えているはずだが、こういう職業独特のカジュアルな服装のせいか、実年齢よりも若く見える。少し年の離れた気さくなお兄さんという雰囲気《ふんいき》だ。

「入って入って」

権藤は会議室のドアを開けて、渚を中へといざなう。すでに来ていたADに元気いっぱい挨《あい》拶《さつ》されて、渚は消え入りそうな声で「おはようございます」と返した。

「あの、今さらですけど、本当に俺なんかでいいんでしょうか……」

ぼそぼそと訊《たず》ねると、権藤は陽気な声をあげて笑う。

「なんだよ、OKしてくれたんじゃなかったの？」

「そうなんですけど……」

「まあそういう煮え切らないところも、渚くんの魅力だけどね」

「そんな……」

「これ、言おうかどうしようか迷ったんだけど」

権藤は茶目っ気のある視線を向けてくる。

「この企画、最初は飯島良太《いいじまりょうた》先生にお願いする予定だったんだよね。でもほら、不倫《ふりん》報道で今、好感度がた落ちでしょう？　だから、渚くんにひとまず代打をお願いしようかと」

飯島良太というのは、渚と同じ二世料理研究家で、渚も子供の頃から母親つながりで顔見知りだった。イクメンのイメージを強く押し出して売っていただけに、不倫報道のダメージは大きかったようだ。

普通は代打だなどと言われたらプライドが傷つきそうなものだが、自分は間に合わせの人材で、ほとぼりがさめたら飯島と交代するのかもしれないと思うと、少しほっとした。権藤もそういう渚の性格をわかっていて、あえて事情をバラしたのだろう。

入り口近くで立ち話をしていると、廊下をせわしない足音が近づいてきた。半分開いた扉から、スーツにメガネの真面目《まじめ》そうな若い男が顔を覗《のぞ》かせた。

「オフィスタチカワです。時間ギリギリになってしまって申し訳ありません」

男はぺこぺこと頭を下げる。その背後にいた長身の男も、一緒に頭を下げた。

どうやら番組関係者の二人連れらしいが、雰囲気がちぐはぐだった。サラリーマン然としたメガネの男とは対照的に、後ろの男はTシャツにカジュアルなジャケットを羽織り、初夏というのにマスクをしている。マスクで顔の下半分が隠れていても、相当のイケメンだということはわかる。きりりとしているが太すぎない美しい眉《まゆ》。明るい生命力をたたえた目元。

目が合うと、男の目に人懐《ひとなつ》っこい笑みが浮かんだ。会釈《えしゃく》をされて渚も反射的にぺこりとしてみせたものの、眩《まぶ》しすぎるオーラに目が眩《くら》んで、思わず視線をそらしてしまった。

いったいこの人たちはなんだろう。雰囲気としては、芸能人とマネージャーとでもいった感じだ。

胸ポケットから名刺入れを取り出したメガネの男とその連れを、権藤はテーブルへといざなった。

「横田《よこた》さんはあとの予定も詰まってるでしょうから、とりあえずご挨拶は打ち合わせの中でってことで」

テーブルにつくと、権藤が手際よく新番組の概要《がいよう》を説明した。平日深夜の五分帯番組で、収録は渚の自宅のキッチンスタジオで一週間分をまとめ撮《ど》り。メインターゲットは二十代の独身層なので、初心者向けのレシピが望ましいこと。

「でね、渚くんはあまりしゃべりが得意じゃないタイプだけど、そこが逆に持ち味でもあるので、あえてアシスタントなしで、渚くんの魅力全開でいきたいと思ってます」

権藤にさらっと言われて、渚は「え?」と青ざめた。

元々口下手《くちべた》な上に、料理に集中すると口が留守になるたちなのだ。一人で進行するなんて、放送事故の連続に決まっている。

あるいはその事故感を売りにしようとしているとか?

よほど渚が怯《おび》えた顔をしていたのか、権藤が噴き出した。

「そんな世界の終わりみたいな顔をしなくても大丈夫。絵面的《えづらてき》には一人で進行してもらうけど、天の声との掛け合いを、渚くんにも視聴者にも楽しんでもらう方式にしようと思ってます」

「……天の声?」

「そう。今をときめく横田悠陽《ゆうひ》くんとのかけあい」

横田悠陽って誰？　ていうかかけあいってなに？　そんな高度な番組進行、絶対無理に決まってる。

動揺しすぎて無表情になる渚に、向かいに座ったメガネの男が名刺を差し出してきた。

「ごあいさつが遅れまして。横田悠陽のマネージャーを担当しております、オフィスタチカワの石川《いしかわ》です」

だから横田悠陽って誰？

渚の心の声に応《こた》えるように、石川の傍《かたわ》らの青年が立ち上がり、マスクを外した。整った鼻梁《びりょう》、きゅっと口角のあがった形のいい唇。思った通り、いや、思った以上のイケメンだった。

だが、渚の心拍数を一気に押し上げたのは、その顔ではなくて声だった。

「はじめまして。横田悠陽と申します。こういったジャンルのお仕事は初めてで緊張していますが、よろしくお願いします」

よく熟した白桃《はくとう》に刃物《はもの》がすっと滑《すべ》り込《こ》むような、心地よく通りのいい声には、激しく聞き覚えがあった。

『モエルンジャー』のレッド隊員の声だ！

その声が好きすぎる自分に危機感を覚えて、あえて深入りしないように検索《けんさく》なども避けてきた渚は、レッド隊員役の声優の顔も名前も知らなかった。こんな不意打ちで本人と対面する日

がこようとは思ってもいなかった。

眼球が干《ひ》からびるほど目を見開いて横田を見上げたまま固まっていると、横田が不思議そうに小首をかしげて見つめ返してくる。

渚は慌てて「よろしくお願いします」と返して頭を下げた。

衝撃《しょうげき》が大きすぎて、その後の打ち合わせの内容はほとんど頭に入らなかった。時々聞こえてくるレッド隊員の声だけが耳に響き、うわぁ……と内心パニクるばかりだった。

気付いたら打ち合わせは終わっていて、渚は一人、局の廊下を玄関へと向かっていた。

これは役得というべきなのか？

だが、喜びよりも当惑が勝った。架空の癒《いや》しの存在が、実体を持って渚の現実世界に降臨《こうりん》するなんて。

そもそも声の主に実体があることすら想像していなかったし、実体があんな王子様のような男だとは思ってもいなかった。あれではまるで芸能人ではないか。

いや、マネージャーもついているくらいだし、マスクで顔を隠したりもしていたし、声優というのは芸能人の一種なのかもしれない。

ぐるぐるとそんなことを考えながら歩いていたら、背後から当のいい声が降ってきた。

「お疲れさまです！」

渚はぎょっとして足を止めた。振り返ると、再びマスクを装着した横田が、感じのいい笑顔で立っていた。渚の身長は一七五と決して小柄《こがら》なわけではないが、横田は渚よりも十センチほど上背《うわぜい》がありそうで、軽く見上げる感じになる。

「今回はお仕事ご一緒させていただけて光栄です。精一杯頑張りますのでよろしくお願いします」

レッド隊員が、自分に向かって話しかけている……！

もうそれだけで心拍数がマックスまで高まり、失神しそうだった。しかし緊張したり興奮したりすればするほど無表情になってしまうのが渚の困ったところだ。

「こちらこそ、よろしくお願いします」

返す声は小さく、我ながらあまりにも素《そ》っ気《け》なさすぎて失礼なんじゃないかというレベルだった。

案の定《じょう》、横田も温度差を感じた様子で、苦笑いを浮かべた。

「すみません、一人でハイテンションになってしまって。渚先生のことは、いつもテレビや雑誌で拝見しています」

まさかレッド隊員……というか横田が自分のことを知っているとは思わなかったので、ドギマギして余計に無表情になってしまう。

「俺は料理はからっきしダメなんですけど、周りに渚先生のファンが多くて、今回の仕事のことを話したら、すごく羨《うらや》ましがられました」

渚にとって、自分はあくまでダメ人間であり、かつてエゴサーチで叩きのめされて以来自分の評価を自ら見聞きするようなことは一切していないため、ファンだとか羨ましがられたとかいう横田の発言に戸惑《とまど》うばかりだった。

無言でじっと見つめる渚は、相当絡みづらく感じの悪い人間に見えただろう。

「誰だよこいつっていう初対面の男にいきなりミーハーにすり寄られたら、引きますよね。ホントすみません。とにかく面白《おもしろ》い番組にするお手伝いができるように、目いっぱい頑張りますので」

横田の言葉にさらに焦《あせ》る。まるで渚の方が有名人で、渚が横田のことなどまったく知らないと思っているらしいが、事実は真逆なのだ。横田（の声）は渚のアイドルであり、癒しである。その横田にこんなふうにへりくだられては黙っていられず、考えるより先に口を開いていた。

「こちらこそ、レッ……横田さんとお仕事できるなんて光栄です。以前から声が大好……」

大好きで、と言いかけて、はっと口をつぐむ。高校時代に『声が好き』と言って気持ち悪がられたトラウマが蘇《よみがえ》り、渚は慌てて言い直した。

「ええと、声が大好きな声優さんが出ているアニメに、横田さんも出ていらして、いつも楽しく拝見しています」

トラウマを避けようと思うあまり、まるでおまけ扱《あつか》いのような言い方になってしまったとうろたえる渚を尻目《しりめ》に、横田は嬉しげに微笑《ほほえ》んだ。

「渚先生もアニメとかご覧になるんですか？」

「いや、あの、最近ちょっと気になる番組があって。まだまだ不勉強なのですが」

「ちなみに、どの番組ですか？」

「……『深夜戦隊モエルンジャー』です」

「うわぁ、光栄だなぁ」

横田は、茶目っ気たっぷりにレッド隊員の変身ポーズをとりながら、

「『俺は渚先生を守るために生まれてきたんだ』なーんて」

いつもの決め台詞《ゼリフ》を、なんと渚の名前に変換して言ってくれた。

やばいどうしよう、萌《も》え死ぬ……。

思いもかけない僥倖《ぎょうこう》に、渚はその場で石になった。その反応は再び誤解を与えたようだ。

横田は申し訳なさそうな顔になる。

「すみません、気持ち悪いおふざけを」

「そんな……」

録音しておきたかった！　そして萌え死んだ俺の告別式で、エンドレスで流して欲しかった！

「渚先生が好きな声優さんってどのキャラですか？」

横田がひとことしゃべるごとに、動揺がどんどん増していく。適当なことを言ってしまった

ものの、本当に好きなのは横田の声なのだ。ほかの隊員の声は曖昧《あいまい》にしか覚えていない。

「……ピンク隊員です」

とりあえず女性隊員の中では一番印象が強くて好みの声の、セクシー担当のピンクをあげておく。

横田は「え？」と驚いたように目を見開いた。

「ああいうタイプがお好みなんですか？」

「割と……」

「ピンク隊員は大の渚先生ファンなんですよ。伝えておきますね！」

「ありがとうございます」

マネージャーに急《せ》き立《た》てられて足早に立ち去っていく横田の背中を目で追いながら、これが現実とは到底思えずに呆《ほう》ける渚だった。

収録初日、渚は異常なくらい緊張していた。

カメラの前には渚一人。そして、カメラのななめ後方にセッティングされたマイクの前には、横田が控《ひか》えている。

主婦層向けの料理番組とは違い、段取りの良さよりも日常っぽさを売りにしたいという企画のため、レシピは決まっているが、台本はあってないようなもの。リハーサルもほぼアドリブで、渚は冷や汗だらだらだった。

一本目は夏野菜のグラタンだったが、冒頭の炒《いた》めないホワイトソースの説明を始めると、緊張で声が震えた。

「ホワイトソースは本来バターを小麦粉で炒めて牛乳でのばして作るのですが、難しいとか、カロリーが気になるっていうご意見をよくいただきます」

『ですよね！　焦《こ》げたり、ダマになったり、初心者にはハードルが高いって、聞いたことあります』

合いの手を入れてくれる横田がいい声すぎてドキドキしてしまい、さらに手も震えてくる。

「そこで、今日は簡単に、まず牛乳の中に小麦粉を入れてしまいます」

『マジですか？　そんな方法でホワイトソースができるんですか？』

「できます。牛乳一カップに、小麦粉は大匙《おおさじ》に軽く山盛り一杯」

牛乳が入ったボウルに薄力粉を袋からすくい入れると、目の前のスタッフが一様に「あ」という顔になる。

横田は、顔だけではなく実際声に出して『あ』と言った。

『渚先生、今、山盛り二杯入れましたよね？』

「え、ホントですか？」

もはや緊張しすぎて、自分が何をしているのかも覚束《おぼつか》ない。しょっぱなから録《と》り直《なお》しという大失態か。

「すみません」

撮影が中断したものと思ってスタッフに頭を下げると、横田が和《なご》ませるような声で言った。

『ということは、牛乳も倍にすればいいってことですよね？　じゃあ、俺の分も作ってもらえるってこと？　ラッキー』

横田のアドリブに、スタッフがクスクス笑う。

「倍？　え、これってまだ回してます？」

ディレクターに訊《たず》ねると、笑いながら口の動きで「続けて」と言う。きっと編集でうまく繋《つな》いでくれるのだろう。

渚は牛乳を倍量に増やして混ぜ、ザルでこしながらテフロンのフライパンに移した。

「これを火にかけて、ぶつぶつしてくるまで木べらで混ぜながら煮ます」

しばしフライパンをかき混ぜる単調な画面になる。ここも編集でカットされるのだろうが、こういう間をしゃべりで繋ぐのが渚はとても不得意で、どうしようかなと内心困っていると、

『渚先生って手がきれいですよね』

横田が唐突なコメントを挟《はさ》んできた。モニターに、木べらを持った手が大きく映し出される。

『何か特別な手入れとかしてるんですか？』

「こういう仕事で手荒れしやすいので、最低限のことは……」

『こまめにクリームを塗《ぬ》ったり？』

「そうですね。クリームの前に、一応化粧水を……」

馬鹿正直に答えてしまい、『え？』と訊《き》き返《かえ》された。

『化粧水？　手にですか？』

しまった。どんだけなよなよした男だよと思われてしまう。

「いや、元々肌《はだ》が弱くて、ヒビやあかぎれができやすいもので……」

『料理は水に触ることが多いですもんね。ちゃんとケアしておかないと仕事にも差し支えますよね』

「そうなんです。クリームだけだと、カサカサしたままテカテカするだけなので、生活雑貨店で買える安い化粧水で水分を与えてからハンドクリームを塗ってます」

『渚先生の暮らしぶりに憧《あこが》れるファンが多いのって、きっとそういう丁寧《ていねい》な暮らしの知恵にあるんでしょうね。そのアイデア、いただいてもいいですか？　女子に広めたら、俺の株があがりそう』

いい声に、ちょっとこずるいニュアンスを含ませて横田が言うと、またスタッフの間から笑いが起こる。

そうこうするうちに、ホワイトソースに火が入ってとろみが出てきた。

「あっさりめが好きなら、味付けは塩コショウのみで。コクが欲しい場合は、コンソメ小さじ半分とバターを加えて溶かせば完成です」

『本当に簡単ですね！　俺でもできそうです』

「ぜひ作ってみてください」

ハンドケアのくだりはカットして欲しいが、間が持たないという心配は霧散《むさん》していた。

その後も何度か手順を間違えたりしたものの、その都度《つど》横田がフォローしてくれたり、面白おかしくつっこんでくれたおかげで、一週間分の撮影はつつがなく終了した。

横田は売れっ子らしくスケジュールが非常に詰まっているようで、撮影が終わるとすぐにマネージャーが迎えに来た。

渚も、いつもならすぐに二階に引っ込んでしまうのだが、収録の余韻《よいん》を引きずってしばし帰り支度《じたく》をする横田の姿をぼうっと眺《なが》めていた。

こういうのを役得というのだろうか。大好きないい声と、三時間もかけ合いをしてしまった。

さすがに声の演技のプロだけあって、横田は声がいいだけでなく、場を回すのがとてもうまかった。口下手《くちべた》な渚の相方として、権藤が横田をつれてきた理由がよくわかる。

緊張したし、失敗もたくさんしたけれど、夢のように楽しい時間でもあった。

ふとこちらを振り向いた横田と目が合った。横田はマネージャーになにか言うと、軽い足取りで渚の方に戻ってきた。

「今日はありがとうございました！　とても楽しかったです」

マイクごしではなく間近から直接響く美声にドキドキしてしまう。

声よし顔よし性格もよし。こんな完全無欠の王子のような人間が本当に存在するなんて。

渚は恐縮しながら頭を下げた。

「いろいろと助けていただいてありがとうございました。また次回、よろしくお願いします」

「こちらこそ！　仕事だけじゃなくて、よかったら今度ごはんとかもぜひ」

横田は人懐っこい笑顔でさらっと言った。

会社員時代も、今の仕事でも、こういうリップサービスには慣れっこのはずだった。「今度メシでも」とか「近くに来たら寄ってよ」というのは、日本人にとっては別れ際の挨拶にすぎない。いくら不器用な渚でも、この程度の会話は普通にやりとりして生きてきた。

しかしあまりにもいい声すぎて、ついぼうっと聞きほれてしまい、反応が遅れた。

謎《なぞ》の沈黙が降り、横田が少し困ったような顔で渚を見つめてくる。

ヤバい。

「ぜひ」とか、「ありがとうございます」とか、こちらも社交辞令で即座に軽く返せばよかったのに、この変な間合いのあとでそういう返事をしたら、リップサービスを真に受けて本気で行きたがっているように思われないだろうか。だからといって、「お忙しいでしょうから無理しないでください」などとマジレスするのも、あまりにも愚鈍《ぐどん》な感じだ。

一瞬のそんなためらいのせいで、沈黙はさらに長引き、いっそ放送事故レベルに達する。収録中も散々要領の悪さを露呈《ろてい》したうえに、挨拶程度でこの状況。絶対へんなやつだと思われているだろう。

自分が作り出した沈黙に窒息《ちっそく》しそうになっていると、

「あ、そうだ。手、触らせてもらってもいいですか?」

横田が突然そんなことを言い出し、渚の右手をすくいあげた。

「ホントにしっとりすべすべですね」

左手で捧《ささ》げ持《も》った渚の手を、大きな右手でするっとひと撫《な》でしてくる。

「それじゃ、また次回、楽しみにしてます!」

いい声で言って、横田はマネージャーにせかされるように帰って行った。

渚はスタッフに怪訝《けげん》がられるまで、しばらくそこでぼうっと呆けていた。

横田に触れられた手の感触が、いつまでもリアルに残っていた。

3

渚《なぎさ》は横田《よこた》との収録を心待ちにするようになった。

この仕事をしていてよかったと初めて思った。普通に暮らしていたら絶対に会えない憧《あこが》れの人気声優と、収録という大義名分のもと、毎回数時間に渡って会話を交わせるのだ。しかも仕事だからこそ、渚のような口下手《くちべた》な人間にも愛想をつかさず、進行を気にかけ、会話を盛り上げ、リップサービスに努めてくれる。

初回の放送を見たら、小麦粉の分量を間違えたところも、手に化粧水を塗《ぬ》るくだりもカットされていなかったので焦《あせ》ったが、権藤《ごんどう》によればそういうNG部分に多くの好意的なツイートが集まったという。ネタ的に面白《おもしろ》がられているだけではないかと思いつつも、多少なりとも評判が良ければ、番組もしばらく打ち切りにはならないだろうからありがたい。できればNGシーンではなく、料理の部分に興味を持ってもらいたいと、渚はレシピの作成にこれまでになく真面目《まじめ》に取り組んだ。

仕事に対してこんなふうに積極的になるのは初めてのことだった。二世料理研究家という肩書きに常《つね》に不安と申し訳なさを覚えて、これは仮《かり》の姿で、いつかもっとちゃんとした職につかなくてはと思い続けてきたというのに。いや、ちゃんとした職にという気持ちは今でも持っているけれど。

横田と会えることでこんなにモチベーションがあがっている自分が逆に心配になる。

四度目の収録が終わったあと、横田は「お疲れ様です」と渚のところに駆け寄ってきた。

仕事終わりに、横田はいつもこうして渚にひと声かけに来て、毎回「今度食事でも」と律儀《りちぎ》に誘ってくれる。

実際のところ、横田は毎回多忙で、実現するあてのない社交辞令なのはわかっているし、もし万が一本当に誘われても、行くつもりはなかった。

収録を重ねるごとに、渚は横田の美声だけではなく、人柄《ひとがら》に魅了され、ありていに言えば恋心を抱くようになっていた。

多忙な人気声優だというのに、疲れた様子など見せたこともなく、いつも明るくて誰にでも感じがよく、腰が低いパーフェクトな男を、好きにならずにいられるわけがない。

今日も来るなりスタッフに仕事のお土産《みやげ》だという台湾《たいわん》のお菓子を配っていた。

渚の前に来ると、横田はペーパーバッグを差し出してきた。

「これ、お土産です」

渚は面食らいながらバッグに視線を落とす。

「お土産なら、さっきいただきました」

かわいいパッケージのパイナップルケーキを配ってもらったばかりだ。

横田は照れくさそうににこっと笑う。

「これは渚先生個人用です」

「……いいんですか？　ありがとうございます」

戸惑いながら受け取り、中を覗《のぞ》き込《こ》むと、入っていたのはおしゃれな蝶《ちょう》の図柄《ずがら》がデザインされたお茶缶だった。

「うわ、かわいい！」

思わず笑顔になってしまう。

「先生の本の中に、缶とかカゴをインテリアとして素敵に使っている写真が紹介されていたので、こういうのお好きかなって」

自分でもなんだかわけのわからないうちに出版されてしまったインテリアの本を思い出して、ちょっと恥ずかしくなる。

「ありがとうございます。嬉しいです」

なにかと気遣《きづか》いの細やかな横田にとっては、仕事相手に対するごくごく気楽なお土産なのだろうが、渚にとっては一緒に棺《ひつぎ》に入れて欲しいくらいの宝物だ。

過剰《かじょう》な感激を気取られないように、渚は質問でごまかした。

「お仕事で海外に行かれることもあるんですね」

「そうですね、ときどき」

自分や自分の番組に関してはもちろんのこと、横田のことも相変わらず検索《けんさく》したりはしていないので、仕事の詳細《しょうさい》はわからない。日本のアニメは海外でも人気だというから、番宣《ばんせん》にでも行ったのだろうか。

なんの仕事ですかと世間話的に振った方がいいのか、そんな立ち入ったことを訊《き》くのは失礼なのか、迷っているうちにまた変な間ができる。

四回目になっても、渚は横田に気さくに接することができない。番組スタッフに対してすら打ち解けられずに、収録が終わればそそくさと二階に逃げ込むようなメンタルなのだ。

土産の紙袋を胸に抱《かか》えて、脳内で必死に沈黙を埋《う》める言葉を探していると、横田が言った。

「渚先生、このあとなにかご予定はありますか?」

「このあとですか?」

「俺、今日はこの仕事で終わりで、仲間と飲みに行く約束してるんですけど、もしよかったら一緒にどうですか」

咄嗟《とっさ》のことで言葉に詰まる。

横田が毎回「今度食事でも」と誘ってくれるのは、単なる社交辞令だと思っていた。まさか具体的に、しかもこれからなどという展開は予想していなかった。

答えに窮《きゅう》している渚を見て、横田はとっておきの秘密を打ち明けるような笑顔で距離をつめてきた。

「実は、ピンク隊員も一緒です」

息がかかるほどの距離で空気が震える美声を浴びせられ、腰が抜けそうになる。

状況に気をとられたせいで、内容の理解が一拍遅れる。

そうだった、自分はピンク隊員のファンだという設定なのだ。今後もつつがなく仕事を続けていくうえで、横田によからぬときめきを覚えていることは絶対に秘密にしておかねばならない。

自分では隠しおおせているつもりでも、もしかしたら恋心がダダ漏れてしまっているかもしれないから、ここはかわいい女性キャラが好きな普通の男を演じておく必要がある。

「ピンク隊員が？」

可能な限り好きな女性にときめく男を演じてみせると、横田は「決まりですね」と笑った。

横田と二人で外を歩くという初めての経験に、渚はひどく緊張した。

やはりなにか理由をこじつけてでも断るべきだったのではないかと、三十分前の自分を呪《のろ》いたくなった。

それにしても、ピンク隊員が好きだと言った渚の言葉を覚えていて、わざわざ声をかけてくれるなんて。ディレクターからバイトスタッフまで、誰にでも気さくに接する横田の、親切であたたかい人柄がにじみ出ている。

ラッシュアワーに差し掛かり始めた電車を降り、待ち合わせの店に向かう商店街を歩いていたら、知らない相手から立て続けに声をかけられた。

最初は女子高生の二人連れに「いつもテレビで見てます！」と握手を求められ、次に八百屋《やおや》の店主に呼び止められた。

「おにいちゃん、料理の先生だよね？」

店主は固定電話の横にあったメモを差し出してきて「サイン、いい？」と言う。

応じるのもおこがましいが、断れるほど偉《えら》くもなく、戸惑《とまど》いながらメモを受け取ってサインをすると、

「あー、そうか森澤《もりさわ》渚先生か。飯島《いいじま》なんとかさんの方かと思っちゃった」

店主は天真爛漫《てんしんらんまん》に笑って、お礼に好きな野菜を持って行ってくれと言い出した。

「これから用事があるので、お気持ちだけ……」

渚はもごもご言って、傍《かたわ》らで待っていた横田に目顔で行きましょうと促《うなが》した。

「テレビの人なのに愛想悪いな」

「あんたが失礼なこと言うからでしょ」

背後から八百屋夫婦の会話が聞こえてきて、頬が熱くなる。

同じ二世料理研究家である飯島良太《りょうた》とは年齢や背格好も似ていて、名前を間違えられるのはよくあることだった。所詮《しょせん》その程度の認知度なのだ。さして興味もないくせに、テレビに出ているというだけで自分のような小者にサインを求めてくるのはやめて欲しいとか、声をかけてくれた人に愛想よく接する社会性もないと横田に呆《あき》れられたのではないかとか、色々な思いが頭の中をぐるぐるめぐる。

「すみません、有名人を無防備に連れまわしちゃって。タクシーにすればよかったですね」

横田がすまなそうに言うから、余計にいたたまれなくなる。

「横田さんの方がよほど有名人じゃないですか」

「俺たちの仕事は、ものすごくピンポイントの知名度なので、全国区で名前が知られている渚先生とは全然違います」

そうは言うが、横田は今日もマスクで顔半分を隠している。

渚の視線に気付いたのか、横田の目に笑みが浮かぶ。

「マスクは変装用じゃなくて、喉の保護のためです」

そうこうしているうちに、中年女性のグループがこちらを見てひそひそと何か囁《ささや》き合《あ》い始めた。どうせまた、見たことあるけど誰だっけ？　というような会話をしているのだろう。

実力もないのに知名度だけが独《ひと》り歩きしていくのは、なんとも居心地が悪いものだ。

横田も女性グループの視線に気付いたらしく、苦笑いを浮かべた。

「このままだともみくちゃにされて、ネットニュースとかに載っちゃいそうですね」

そこまで有名人ではないと言おうとしたとき、横田が自分のキャップを脱いで渚にかぶせてきた。軽く肩に手を置くようにして、路地の方へと誘導される。

「渚先生ファンには申し訳ないけど、今日は俺の方に優先権があるので、裏道から行きましょう」

横田の体温と耳元での囁きに、一気に心拍数があがって、顔が熱くなる。

なにこれ。俺は前世でいったいどんな徳を積んだのだろう。

あるいは逆に罪を犯《おか》したせいで、今、生殺しの刑に処せられているのだろうか。

横田に案内されたのは、知る人ぞ知るという雰囲気《ふんいき》のレトロな居酒屋だった。テーブル席と、小あがりの座敷席があり、座敷の方にいたマスク姿の二人連れが横田に気付いて笑顔になった。

横田がさっき言っていた通り、この業界はマスクの着用率が高いようだ。

「悠陽《ゆうひ》、こっち！」

「悠陽がこんな時間から参加できるなんて珍しいな」

ほんの軽い会話からも、仲の良さが伝わってくる。

陽気で社交的なイケメンたちを前に、本当に自分などが参加してよかったのかと気おくれしながら、目深《まぶか》にかぶせられていた借り物の帽子を脱いだ。

途端に二人が目を輝かせる。

「あ、渚先生だ」

「うわ、本物！　美人！」

ひどく通りのいい声で叫ばれて、固まる。

それを見て、横田が苦笑いを浮かべた。

「渚先生は今、通りでファンにもみくちゃにされてきたところなんだから、追い打ちをかけないであげて」

「もみくちゃなんて大袈裟《おおげさ》です」

慌てて訂正する渚に、「ひとまずあがってください」と笑顔で促し、横田は仲間に訊《たず》ねた。

「四ノ宮《しのみや》は？」

「今、向かってるって」

座敷にあがるならもっと脱ぎ履《は》きしやすい靴《くつ》を履いてくればよかったと思いながら、コンバースの紐《ひも》をもたもたとほどく。

「大丈夫ですか？」

横田は身軽にしゃがんで、靴を脱ぐのを手伝ってくれる。

「だ、大丈夫です！」

ドギマギさせられっぱなしでパニクっていると、入り口の自動ドアが開いて、ショートカットの美少女が入ってきた。オーバーサイズのピンクのカーディガンの萌《も》え袖《そで》感が絶妙な少女は、ハーフパンツとブーツの間から眩《まぶ》しい膝小僧《ひざこぞう》を覗《のぞ》かせてこちらに駆け寄ってくる。

「おまたせー！」

一段と通りのいいソプラノボイスは、まごうかたなきピンク隊員の声だった。

「四ノ宮、その格好で来たの？」

座敷の一人が面白がるような呆《あき》れたような顔で声をかける。

「うん。かわいいでしょ？　今日のイベントの衣装なんだけど、スタイリストさんにお願いして、まるっとお買い上げしちゃった」

四ノ宮がくるりと回ると、なぜか笑いが起こる。渚には笑いの意味がわからない。その衣装はセクシー担当のピンク隊員にとてもよく似合っており、見惚《みと》れこそすれ笑う要素はどこにもない。

くるくる回り終えた四ノ宮は、渚に視線を止めて目を丸くした。

「渚先生！　今日会えるって知ってたら、本を持ってきてサインしてもらったのにぃ！　『男もほっこり暮らしたい』の大ファンなんです！」

渚にとっては黒歴史以外のなにものでもないタイトルだが、四ノ宮の褒《ほ》め言葉になんとか笑みを取り繕《つくろ》う。

「ありがとうございます」

「あ、渚先生のその白シャツ、本にも載ってたやつですよね？　ずっと探してるんですけど見つからなくて。めっちゃ素敵だなぁ。今度お店教えてください！」

かわいくくねくねする四ノ宮を、横田が意外な手荒さでぐいっと座敷の方に押しやった。

「ガールズトークはあとにして、とりあえずあがれよ」

ひとまず座敷に落ち着いて、飲み物を注文したあと、自己紹介をしあった。

最初に来ていた二人のうち、メガネをかけた目の細いのが海崎賢介《かいざきけんすけ》、茶色い髪をツンツンさせたのが向井修平《むかいしゅうへい》という名の声優で、横田とユニットを組んでいるのだという。声優のユニットというのがなにをするのかよくわからなかったが、訊ねる前に四ノ宮がハイテンションに自己紹介をしてくれた。

「ピンク隊員の四ノ宮七瀬《ななせ》です！　渚先生の大ファンなので、先生の隣に座らせてくださーい！　先生、なにか質問はありますか？　あ、年齢と体重はヒミツです♡」

ぐいっと海崎を押し退けて渚の隣にきた四ノ宮に、海崎がニヤリとツッコミを入れる。

「二十七歳、四十八キロだろ？」

「あ、海ちゃんひっどぉー！　そういうねじけた性格してるから、オーディション落ちるんだよ」

「あれ、海ちゃん昨日のオーディションダメだったの？　ドンマイな！」

「ありがと修平」

置いてけぼりで展開される会話に戸惑う渚に、横田が笑いながら説明してくれた。

「この業界、役を取るのは大概《たいがい》オーディションなので、しょっちゅうこうやって仲間内で慰《なぐさ》め合《あ》ったり励《はげ》まし合《あ》ったりしてるんです」

「足を引っ張り合ったりもね」

海崎が冗談ぽく口を挟《はさ》んでくる。

「『モエルンジャー』のオーディションで悠陽に負けたときは、スニーカーに画びょうを仕込もうかと思ったぞ」

「落ちてから仕込んでも遅いだろ」

向井がすかさずツッコミを入れる。

「バレリーナじゃないんだから、靴に画びょうよりマイボトルにタバスコとかの方が喉にダメージを与えられるんじゃない？」

真顔でさらに過激なツッコミを入れる四ノ宮をあっけにとられて見ていると、横田が「こらこら」と割って入ってきた。

「渚先生が怯《おび》えてるだろ。本当にそんな物騒な業界だと思われたらどうするんだよ」

「わ、ごめんなさい、渚先生！　ホントはとっても仲良しです」

「おい、後半棒読み」

「四ノ宮こそオーディション落ちるぞ、その棒読み」

海崎と向井から同時にツッコミが入り、渚も思わず笑ってしまう。本当に仲の良さそうなメンバーだった。

ひとしきりの冗談を言い合うと、みんな初対面の渚にあれこれ話しかけたり質問を振ってきたりと気を遣ってくれた。特に四ノ宮は、本当に渚の番組を熱心に視聴してくれているらしく、細かいことまでよく覚えていて、ありがたいやら恥ずかしいやらだった。

しどろもどろ加減を見かねたのか、途中で横田が助け舟を出して話をそらしてくれ、話題は四人の仕事がらみのことへとシフトしていった。渚には未知の世界の話だが、とても興味深かった。

声優といえばアニメのキャラクターの声を出している人で、たまにCMやテレビ番組のナレーションなどもするが、基本、縁の下の力持ちというのが渚の抱《いだ》いていたイメージだ。

しかし話を聞いていると、ラジオ番組でパーソナリティを務めたり、大きなイベントに登壇《とうだん》したり、CDを出したりと、その活躍の場は多岐《たき》に渡り、休みも不規則でかなり多忙らしい。

しかもキャリアを積めば安泰《あんたい》というものではなく、常に人気と実力でふるいにかけられる。口々に語られる失敗談や悔《くや》しかった話などを聞いていると、過酷《かこく》な世界だなと思うが、みんな目がきらきらしていて、みなぎる活気に圧倒された。

夢を持ってその道を志《こころざ》し、努力で上《のぼ》りつめた人たちは、こんなにもオーラが違うものなのか。渚はますます自分が恥ずかしくなる。まともな会社勤めも続かず、親の脛《すね》をかじって七光りで食べている現状。

　渚が物思いにふけっていると、隣の四ノ宮が「あ」となにか思い出したように、渚ごしに横田に声をかけた。

「そういえば、お気に入りのサングラスをなくしちゃったんだけど、悠陽、知らない？」

「なんで俺が知ってると思うんだよ」

「だって、この前悠陽の部屋に泊まったあたりから、見当たらないんだもん」

「見てないな」

「悠陽の部屋、めっちゃ散らかってるから、どこかに紛《まぎ》れ込《こ》んでる気がする」

「そう言われると、絶対ないとは言い切れないけど」

「でしょ？　ベッドの隙間とか、お風呂のカゴのうしろとかに落ちてるかもしれないし、あとで見てみて」

「わかった」

　さらさらと交わされる会話に、渚は固まった。

　泊まった？　ベッド？　お風呂？

　二人はそういう関係なのか？

　冷や水を浴びせかけられたような衝撃を受け、一瞬後、そんな自分に驚き呆れる。

　いわば憧れのアイドルの熱愛報道に動揺するファン心理のようなものと思えば許されるかも

しれないが、横田は憧れの相手であると同時に、仕事相手でもある。恋人がいるからといってショックを受けるような下世話な感情を抱いてはいけない。だいたい横田がフリーでも、男の渚にはなんの可能性もないはずだ。

「渚先生、どうしたの？」

不意に四ノ宮に声をかけられ、はっと我に返る。どうやら混乱を極める心中が顔に出ていたらしい。

ここで横田に対するよからぬ感情を悟られてはまずいと、渚は当初の設定を思い出して四ノ宮に向かって苦笑いを浮かべてみせた。

「憧れのピンク隊員に彼氏がいたことに、ちょっと驚いてしまって」

「え……」

「あ、でも、素敵だと思います。美男美女のカップルで」

しばしの沈黙のあと、その場にいた渚以外の全員が笑い出した。

なにか変なことを言ったかと焦る渚の前に、四ノ宮が笑いながら左手をかざしてみせた。

「ごめんなさい、実は既婚者なので」

薬指にはマリッジリングがはまっている。渚はさらにパニクりながら、あわあわと言った。

「すみません、ご結婚されてたんですね。横田さんは普段指輪をはめてらっしゃらないので、気付かなくて」

恋人関係どころか、すでに結婚していたとは。衝撃が大きすぎて思考が追いつかないまま、なんとか返すと、向井と海崎が畳《たたみ》の上に突っ伏して息も絶え絶えに笑っている。

ポンと肩を叩かれて振り向いたら、横田が困ったような笑みを浮かべていた。

「四ノ宮の結婚相手は俺じゃないですよ」

「え?」

渚はさらなる混乱に陥《おちい》る。既婚者なのに夫以外の家に遊びに行って泊まるというのはどういうことだ?

それともそう考える自分は頭が固すぎるのだろうか。

「奥さんの写真、見ます?」

携帯を取り出した四ノ宮ににこにこと言われ、度重《たびかさ》なる衝撃にくらくらした頭に、最後の一打が撃ち込まれる。

「……奥さん?」

「僕、一応男なので」

「え……?」

思考停止してポカンとしている渚に、四ノ宮は笑いながら言った。

「『モエルンジャー』のピンクも男の娘《こ》設定なんですよ」

思考停止から徐々に意識が戻ると、今度は一気に頭から血の気が引いていった。

「ごめんなさい！」

渚が畳に額を押し付けんばかりに土下座《どげざ》すると、四ノ宮が「え、なんで？」と驚いたような声を出す。笑い転げていた海崎と向井も静かになってしまった。

「俺、ものすごく失礼な勘違いをしてしまって」

「ぜーんぜん！　よく間違えられるし、自分でもそこを狙《ねら》ってるし」

四ノ宮は明るく言い、

「そうそう、そのあざとい萌え袖と膝小僧、到底アラサー男子の服装じゃないから」

「ガヤを録《と》るとき、いつも女性陣《じん》に混じってるしな」

海崎と向井がフォローの言葉をかけてくれる。

渚だって、まっさらな状態での初対面だったら、自分の勘違いをここまで申し訳なく思いはしなかっただろう。

だが、渚はピンク隊員のファンだと自ら言ったのだ。ファンのくせに性別すら知らないなんて、あまりにもいい加減で失礼な話ではないか。

ここに来る途中、八百屋の店主に声をかけられたときのことを思い出す。別人の二世料理研究家と間違えられるのはよくあることだし、自分がその程度の存在なのも充分わかっている。それでも、相手があやふやなままサインを求めてくるなんて少し失礼なんじゃないかと、自分では意識しないどこかで一ミリくらいは感じていたと思う。

そのくせ自分は、四ノ宮に対してものすごく失礼なことをした。

「四ノ宮さんの声が好きなのは本当なんです」

実際、横田以外の隊員の中ではピンクの声が一番好きだった。しかしそれはいかにも言い訳めいて響いて、頭で考えるまでもなく、口から勝手に本当のことが転がり出ていた。

「でも、『モエルンジャー』のいちばんの目当てはレッド隊員の声だったんです」

それには隣の横田が「え?」と驚いたように反応した。思考がまとまらないまま、渚は事実をたどたどしく説明した。

「たまたま深夜にテレビをつけたら、『モエルンジャー』をやっていて、横田さんの声がすごく好みで、それから毎週観るようになって」

絶対に横田に引かれているに違いない。でもありのままを話して自分が恥をかくことくらいしか、四ノ宮への懺悔《ざんげ》を思いつかなかった。

「そんな嬉しいこと、なんで初対面のときに教えてくれなかったんですか」

横田が納得がいかないという表情で訊ねてくる。

「……前に同性の友達の声を褒《ほ》めたら、気持ち悪がられたことがあって、これから一緒に仕事をさせていただく相手に、余計なことは言わない方がいいのかなって」

渚の説明に、海崎と向井が「えー」と声をあげた。

「この仕事をしていて、声を褒められて嬉しくないやつなんかいないですよ」

「そうですよ！　特に同性のファンってめっちゃ嬉しい」

そういうものなのだろうか。だとしたら自分の変なトラウマと自意識過剰《かじょう》のせいで、無駄に話をややこしくしてしまった。

ちらりと隣の横田を見ると、照れたような笑みを浮かべている。

「渚先生と仲良くなりたいのに、なかなか気を許してくれないし、食事に誘ってものらりくらりかわされちゃうし、俺、嫌われてるのかなって思ってました」

「そんな……」

渚の方こそ、毎回「ごはんでも」と言ってくれるのはただの挨拶《あいさつ》だと思っていた。

「しかも、男性声優の中では四ノ宮が好きだっていうから、内心くっそーって思って」

日頃の好青年ぶりからちょっとずれた、茶目っ気のある言葉遣いが新鮮で、きゅんとしてしまう。そういえば、渚がピンク隊員のファンだと言ったとき、横田は意外そうな顔をしていた。

「もうこうなったら、屈辱《くつじょく》だけど四ノ宮を餌《えさ》に誘うしかないなって」

横田の冗談めかした口ぶりに、海崎が「出た、黒王子！」とツッコミを入れ、向井が「なにこの化かし合い」と爆笑する。

横田がそんなふうに考えてくれていたなんて。

一方、会話が一周まわってみると、改めてあらゆる意味で四ノ宮に失礼だったと思う。

「本当にすみませんでした」

再度頭をさげると、四ノ宮は「やめてくださいよ！」と苦笑いする。

「ていうか、わざわざ馬鹿正直に真相をぶっちゃけなくてもよかったのに。僕を女の子だと思ってる人、普通に結構いるし」

そう言われてみると、もう一周まわって、真相を打ち明けたこと自体がより四ノ宮に失礼だったのではないかと思えてくる。ファンだと言ったのはフェイクだと、わざわざ本人に言うなんて。

「そうですよね。すみません、俺、テンパっちゃって……。まさか本物のピンク隊員に会う日が来るなんて思ってもいなかったので」

「結局いちばん悪いのは悠陽だよね。渚先生を強引に誘ったりして」

四ノ宮にじろりと睨《にら》まれて、横田は頭をかく。

「確かにそうかも」

「違います！　全部俺が悪いんです！」

渚がきっぱり言い切ると、四ノ宮はおかしそうに笑い出した。

「渚先生って面白い人だなぁ。テレビで見ててもユニークな人だなって思ってたけど、本物はさらにかわいいですね」

「いえ、ただのダメ人間です。本当に失礼なことばかりで申し訳なくて……」

「だからもういいのに。でもどうしても気が済まないって言うなら」

四ノ宮は目を輝かせて間合いをつめてきた。

「お友達になってください！　まずは連絡先の交換から」

「あ、待てよ！　俺だってまだ教えてもらってないのに」

横田がポケットから携帯を取り出す。

「僕が先！」

競うように携帯を掲《かか》げてくる二人に、渚はたじたじとなった。


次の収録は、いつもとは違う意味で緊張した。横田はいつもと変わらないのだが、渚の方が色々と意識してしまった。

声が好きだとバレても、喜ばれこそすれおかしなふうに思われなかったのはよかった。

しかしバレてしまったからには、今までよりもっと距離感に気をつけなければと思う。横田へのほのかな恋心は絶対に悟られてはいけない。

それを意識しすぎて、受け答えがついぎくしゃくとしてしまう。

横田と四ノ宮は、あれから時々LＩNEを送ってくるようになった。どちらも他愛《たわい》もない一言二言だが、四ノ宮にはすぐに返信できるのに、横田にはほんの一言返すにも一時間くらい悩んでしまう。なるべくさりげなくて、気の利《き》いたことを言わなくてはと、悩み過ぎてしまうのだ。

そんな雑念のせいか、収録ではすいかのゼリーにゼラチンを入れ忘れたり、ちらしずし用の合わせ酢《ず》の砂糖と塩の分量を逆にしてしまって作り直したりと、失敗がいくつか続いて時間が押してしまい、収録後は挨拶を交わすひまもなく、横田は迎えに来たマネージャーに連れ去られるように帰っていった。

渚も片付けの始まったキッチンからそそくさと二階に逃げ去ろうとして、ふと階段横の椅子にキャップの忘れ物があることに気付いた。この前借りたから横田のものだとすぐにわかった。次の撮影のときに渡せばいいだろうかと思いつつ、一応預かっていることだけ連絡しておこうとメッセージを送信すると、即座に返信がきた。

『ありがとうございます！　今夜仕事終わりに寄らせてもらってもいいですか？　少し遅い時間になるかもしれないけど』

どうせまたすぐ会うのだから、次回でもいいのに、律儀なのか、それともよほど大切なキャップなのか。

『何時でも大丈夫です』と返信したものの、そわそわと落ち着かない気持ちになる。

撮影の片付けが終わり、スタッフが撤収《てっしゅう》したあと、渚は階下におりて、いつものように再度キッチンやリビングを整え直した。

撮影スタッフは床や水回りもいつもきっちり片付けていってくれるので、本当にありがたい。

ただ、ちょっとしたものの置き場や並べ方が変わっていることがあって、それを満足いくまで直すのは、撮影後のクールダウンのためでもあり、渚の趣味でもあった。

お揃《そろ》いの瓶《びん》に入った粉類や砂糖の残量を確認し、鋳物《いもの》ホーローのカラフルな鍋《なべ》は大きさと彩《いろど》りを揃えて並べ直す。

ソファのラグのオレンジが少し暑苦しく見えて、水色の清涼なものにかけ替えていると、そのわずかな風を受けて、ローテーブルの上のバラの花びらがひとつはらりと落ちた。

渚も家族も花が好きで、家の至る所に生花を飾っているが、気温が上がるこの季節は傷みも早い。こまめな手入れで十日ほどもたせたが、さすがにこれはもう限界だろうか。

渚はお気に入りの陶器のボウルに水を張って持ってきて、盛りを過ぎたバラの花の部分だけを切り、ボウルに浮かべた。こうしたらまだあと何日か楽しめる。

家で過ごすことが多い渚は、目に入る範囲を心地よく整えるのが好きだ。自宅が母と自分の仕事場も兼ねているので、少しは仕事の役にも立っているはずだが、同年代の人間がまだバリバリと外で働いている時間にこんな呑気《のんき》な趣味に興じていていいのかとうしろめたい気持ちにもなる。だがこうして生活空間を整えているとリラックスできるのだ。

始めたら夢中になってしまい、ついでに廊下の明かり取りのカーテンも模様替えしようかと、脚立《きゃたつ》にのぼりかけたとき、インターホンが鳴った。

モニターに横田の顔が映《うつ》っているのを見て、心臓がバクバクいい出す。遅くなると言っていたから、まだ何時間も先だと思っていた。

慌てて玄関に向かい、鍵《かぎ》を開ける。

「早かったですね」

「共演者の都合で、仕事が二時間ほど後ろにずれたもので。さっき一応LINEさせてもらったんですけど」

「あ……すみません、スマホ、自分の部屋に置きっぱなしで」

「何か作業中でしたか？」

玄関ホールの突き当たりの脚立に目を止めて、横田が言う。

「ちょっとカーテンを取り換えようと思っただけで……」

「手伝いますよ。これ、外せばいいんですか？」

横田は軽く爪先立《つまさきだ》ちしてカーテンを外してくれた。身長差は十センチほどだと思うが、リーチも長いのだろう。脚立なしで易々《やすやす》と新しいものをかけてくれる。

「すみません、いきなり手伝ってもらっちゃって」

「全然。中途半端に時間が空《あ》いちゃったので、ほかにもなにかあれば手伝いますよ」

キャップを渡して終わりのつもりでいたが、時間があるのならと、渚は遠慮《えんりょ》がちに提案した。

「よかったらお茶でもどうですか」

「ありがとうございます」

横田は変に遠慮したりせず、渚に促《うなが》されるままリビングに移動した。

「あれ、さっきと雰囲気が違う」

ぐるりと部屋を見回して言う。

「ちょっとだけ模様替えを……」

「すごいですね。同じ部屋なのに、一瞬にしてこんなに雰囲気が変わるなんて。あ、これかわいいですね」

テーブルの上のボウルのバラを覗き込む。

自分の少女趣味なしつらえが恥ずかしくなりつつ、渚は対面キッチンに回り込んでポットに水を入れてコンロにかけた。

横田はカウンターごしに話しかけてくる。

「先日はとても楽しかったです」

飲み会のことを、いい声で蒸し返されて、さらに気恥ずかしくなる。

「いろいろとすみませんでした」

「どうして？　渚先生に声が好きって言ってもらえたし、やっと連絡先の交換もしてもらえたし、俺はすごくラッキーな飲み会だったなって思ってました」

横田はカウンターに頬杖《ほおづえ》をついて、渚の方に身を乗り出してくる。

「より親交を深められた気がしたのに、なんだか今日の収録のとき、逆に距離を置かれたような感じを受けたんですけど」

やはり渚のぎこちなさは、伝わってしまっていたらしい。

「すみません、色々と失敗を連発したせいで、収録が押してしまって……」

「そんなことはいいんですけど、俺、なにか気を悪くするようなことをしちゃいましたか？」

横田の声に被《かぶ》さるように、玄関の鍵が開く音がした。

「ただいま」

母親の声だ。こちらも今日は遅くなると言っていたのに、思いのほか早い帰宅だ。

母親は一人ではなく、友達と一緒だった。いつも服を買っているセレクトショップの経営者で、渚も子供のころから知っている。

「早かったね」

「そうなのよ。美津子《みつこ》ちゃんとうちで飲もうっていう話になって。あら、お客様？」

横田はかけていたマスクを外し、爽《さわ》やかな笑顔で母親たちの方に向き直った。

「横田悠陽といいます。いつも渚先生にお世話になっております」

「あら、渚の番組のナレーションの方ね！　こちらこそ息子がいつもお世話になります。声優さんでしたよね？　いいお声ねぇ。ね、美津子ちゃん！」

「ホントねぇ。しかもすっごいハンサムね。声だけのお仕事なんてもったいないわ」

熟女二人にきゃあきゃあと甲高《かんだか》い声で詰め寄られても動じる様子もなく、横田は笑顔を振りまいて「ありがとうございます」と感じよく応じている。

「よかったら横田さんも一緒に飲まない？　いいワインがあるのよ」

「横田さんはこのあとまだ仕事があるから」

渚は慌てて割って入り、お茶とクッキーをのせたトレーを持って、横田を促した。

「すみません、ここ、賑《にぎ》やかなので、二階に行きましょう」

名残惜《なごりお》しがる熟女たちを残して、二階の自室へと横田を案内する。

部屋に入るなり、横田は「うわぁ」と声をあげた。

「素敵な部屋ですね」

「そんな……。こういうことになるなら、もっとちゃんと片付けておいたんですけど」

渚は落ち着かない気分でローテーブルにトレーをおろした。

インテリアやファブリックをあれこれ工夫するのが好きなので、自分の部屋も心地よく整えてはいるのだが、それでもこんな展開になると思っていなかったから、ベッドカバーが少々乱れていたり、さっき部屋で飲んだコーヒーのカップがデスクに置きっぱなしになっていたりという生活感が恥ずかしい。

「これ以上ちゃんと片付けるって、ちょっと意味わからないんですけど」

横田が苦笑いする。

「距離を置かれたとか言っちゃったけど、こんなふうに先生のテリトリーに入れてもらえたということは、俺の考えすぎだったのかな？」

さっきの話を蒸し返されて、また変な汗が出てくる。

どうしても横田のことを意識してしまって、ぎくしゃくするのは事実。

うやむやにするより、ここはむしろもう一つの原因の方に全部をのっけてしまおうと、渚は考え考え口を開いた。

「この間は、俺の方こそすごく楽しかったです。でも、みなさんの仕事に対する姿勢みたいなものが眩《まぶ》しくて……。本当に好きなことを仕事にしている人たちのオーラはすごいなって、なんていうか我が身を振り返って気後れしてしまいました」

「渚先生こそ、人から羨《うらや》まれるような素敵な仕事をしているじゃないですか」

「俺はなりゆきでこうしているだけで……」

「なりゆき？」

「新卒で営業職に就いたんですけど、馴染めないまま体調を崩して、一年もたずに退社することになってしまって。それでなんとなく母親の仕事を手伝うようになって、七光りで今があるという感じです。横田さんたちみたいに、確固たる夢があって、それを叶《かな》えて輝いている人から見たら、ふざけるなって感じなんですけど」

「そんなことないですよ。俺も似たようなものです」

横田は意外なことを言い出した。

「俺ね、子供のころ、ものすごい人見知りで、それを心配した母親に、無理矢理劇団に入れられたんです」

「そういうエピソード、よく俳優さんとかで聞きますよね」

横田は「でしょ?」と茶目っ気のある笑みをうかべた。

「でも、それに関してはいまだに納得できないんですよね。人前で何かをするのが好きだから劇団にっていうならわかるけど、人見知りの子供をいちばん苦手なジャンルの習い事に通わせるって、どういうショック療法だよっていう。全国のお母さん、やめようよそれ。もっと本人の適性を見極めようよって思いません?」

横田がいい声でナレーションのような抑揚《よくよう》をつけて言うから、渚もつい笑ってしまった。

「確かにそうですね。今まで疑問に思ったことはなかったけど、人見知りなのに劇団って、よく考えたらすごいですね」

「そうでしょう? 通うのが苦痛で仕方なかったですよ。だけどどういうわけかドラマやCMの仕事が次々決まって、自分の意思とは無関係に色々やらされることになってしまって」

「CMとか出てたんですか?」

「うん。味噌《みそ》とかチョコレートとか入浴剤とか、結構色々」

まさかと思いつつ訊ねる。

「もしかしてササヤ味噌の味噌坊や?」

横田は決まり悪げに微笑《ほほえ》んだ。

「うわ、覚えてます？」

「アーモンドチョコレートのブランコに乗ってた男の子も？」

「すごい！　よくわかりましたね」

渚はあっけにとられていた。自分が生まれて初めて声フェチを自覚したあの声が、横田のものだったなんて。

「でも、小学校高学年になると、ＣＭの役とかドラマの台詞《セリフ》とかを友達にからかわれるようになって、芸能界の仕事が嫌になってしまって、思春期の頃はほぼ休業状態でした」

横田にそんな過去があったなんて、まったく知らなかった。

「でも事務所に籍《せき》だけはあって、進路に迷ってた高三のときに、スタッフに少しは仕事をしろってはっぱをかけられて、洋画の吹き替えのオーディションを受けさせられたんです。そのときも自分では気乗りしなくて、無理矢理って感じで」

当時の自分を思い出したような、くすぐったげな顔になる。

「ところが現場で出会ったベテラン声優の演技に、めちゃめちゃ感銘《かんめい》を受けて、うわぁ、俺もこういうのやりたいって、初めて自分で積極的に思いました。劇団に入ってから十五年目でやっとです」

「十五年……」

「でも、いざやる気を出してみたら、全然オーディションに受からなかったんです。そのとき初めて、子役時代の自分がいかに傲慢《ごうまん》だったか思い知りました。見てくれる人、聞いてくれる人、支えてくれるスタッフがあっての仕事なんだなって。子役時代はファンの人に声をかけられたりするのが鬱陶《うっとう》しくて、すごく感じ悪い対応をしてたけど、今思い出すと穴があったら入りたいです」

そんな変遷《へんせん》を経《へ》て今の横田があるのかと、感じ入る。最初から強く志したわけではなく、流され流されて、でもいつしかそれが夢に繋《つな》がっていったという。

傲慢という言葉に、渚は我が身を振り返った。横田が黒歴史として使ったその言葉を、自分は現在進行形で体現してはいないか。今の環境に戸惑いや申し訳なさは常に感じているけれど、自分はありがたみをきちんと理解したり、感謝の気持ちを持ったりしたことが一度でもあっただろうか？

ここは仮の居場所。ただ家でぶらぶらしているわけにはいかないから、なんとなく誘われるままに始めたことが、自分の意思とは無関係に転がっていってしまっているという戸惑い。自分の生きる道はこれではなくて、いつか軌道《きどう》修正するのだと頭の中では思っていた。

でもいつ？　どう軌道修正を？

自分はなにがやりたくて、なにをやるべきなのか。

こんなはずじゃないと言いながら、結局ただ状況に甘えて流されているだけの自分はいったいなんだ？

「渚先生？　俺、なにか気に障《さわ》ることを言いました？」

横田に声をかけられ、ふと自分が顔をゆがめて唇を噛みしめていることに気付いた。

「いえ。あの、横田さんがそんな紆余曲折《うよきょくせつ》を経て今の仕事をしてるなんて知らなくて。でもやっぱりすごいなって。俺はなんの才能もないのに、親の七光りだけで今の仕事をしていて、そのくせ感謝すら感じない傲慢な人間で……」

「傲慢？　どこが？　渚先生、この間だって、名前もうろ覚えの八百屋のおじさんに丁寧にサインをしてあげてたじゃないですか」

「断る度胸がなかっただけです」

渚が正直に言うと、横田は笑い出した。

「断る度胸って、かわいいですね、渚先生は。俺なんて子役のころ、ものすごく感じ悪く断ってましたよ」

「才能のある人は、全然許されると思います」

「渚先生は自分には才能がないと思ってるんですか？」

「才能なんてもちろんなにひとつないです。さっきも言った通り、七光りだけで今があるので」

渚が断言すると、横田はまた笑う。

「本当に七光りだけで、帯番組を持てたり、本が売れたりするのかな」

「二世っていうのは、逆に重圧でもあると思いますよ。親が有名人だというだけで色眼鏡《いろめがね》で見られて、マイナス評価をされたり」

「実際そうだし」

確かに、以前ネットでエゴサーチをしたときには、そういう視点で結構ひどいことを書かれてもいた。

「渚先生との仕事が決まってから、色々調べたり勉強したりしたんですけど、渚先生とお母さんの料理のスタイルはまったく違いますよね？　渚先生は身近にあるシンプルな材料で、基本に忠実に仕上げるスタイルだなって」

「……あまり外に出たくないタイプなので、家の中にあるものだけで作ることが多いからです。本格的に料理を習ったわけでもないから、凝《こ》ったものもできないし」

「料理だけじゃないですよ。インテリアや、心地よく暮らす工夫とかも、多くの読者さんに支持されてるでしょう？」

渚は恥ずかしくなって赤面した。

「あんな誰でもやってるようなあたりまえのことを、もっともらしく本にされてしまって、本当に恥ずかしいです」

「うーん、そうやってすべてを悪い方に考えるのも、一種の才能なのかな」

横田は苦笑いで渚を見つめる。

「あたりまえのことって、今言いましたけど、多くの人間にとっては、あたりまえじゃないんです。そうありたいけどできないことだから、みんな憧れるし心惹かれるんだと思います」

渚にはよく意味がわからない。その表情を読み取って、横田はいい声で噛んで含めるように説明してくれた。

「たとえば、今日、俺がこうして先生のお部屋にお邪魔したのは、予期せぬハプニングですよね」

「そうですね」

「つまり、この完璧《かんぺき》な居心地の良さは、誰かが来ることを予期して整えたわけじゃなくて、いつもの状態なわけでしょう?」

「こうなることがわかっていたら、もっとちゃんときれいにしておいたんですけど」

渚がきまり悪く口ごもると、横田は悦《えつ》に入った顔になる。

「キッチンやリビングがいつも完璧に美しいのは、お仕事柄ってこともあるでしょうけど、プライベートスペースまでこの状態ってことは、義務感でやってるわけじゃないですよね」

「確かに好きでしていることです。でも、もっときれいにしている人はたくさんいます」

「そういうことじゃないんだと思います。断捨離とか、ミニマリストとか、色々流行《はや》ってますけど、渚先生の暮らしってそういうのとは違いますよね。機能性やシンプルさを追求しているわけじゃなくて、物がたくさんありつつ居心地がいい空間を、自然に作り出すセンスを持ってる人っていう気がします」

「そんな……」

「ほら、テレビの情報番組なんかでやってる整理整頓術《せいとん》って、百均や生活雑貨ブランドの棚やケースを使って、こうきっちり揃えたり、機能性重視のものが多いじゃないですか。でも、渚先生のお宅にはああいうものが見当たりませんよね」

「引き出しや棚の中では使ってます」

だが言われてみれば確かに、渚はそういったものはあまり好きではなかった。もちろんリーズナブルで便利に使えるものもたくさんあるが、便利さよりも愛着や好みを重視するタイプだ。

「壊滅的に片付けが苦手で、インテリアセンス皆無の俺が言うのもアレですけど、ああいうきっちりした無機質な感じがあまり好きじゃないので、渚先生のお宅の雰囲気、すごく落ち着きます」

いい声で褒められて、渚はドギマギと視線を泳がせる。

「きっと渚先生はいいものに囲まれて育ったから、自然とセンスが磨《みが》かれたんでしょうね」

そういえば、子供のころから使っているこの部屋のデスクやベッドも、子供向けの安価なものではなかったから、大人になって使っていてもなんの遜色《そんしょく》もないどころか、かえって味わいが増していい感じになっている。

両親の仕事柄、盆暮れの頂《いただ》き物《もの》なども高級品が多く、息子としてあたりまえのようにそれを享受《きょうじゅ》してきた。

「言われてみれば、本当にぼんくらで、びっくりするくらいダメなやつですよね、俺って」

自分がいかに恵まれたぬるま湯の中で生きてきたかを痛感してぼそっと言うと、横田は目を丸くした。

「渚先生、本当に物事を悪い方にとる天才ですね」

「だって……」

「本当に自分の才能に自覚がないんですね」

「いえ、マイナス思考だってことはちゃんと自覚してはいるんですけど、治らなくて」

「そっちの才能じゃなくて、仕事の方の話です。ホント、面白いなぁ、渚先生は」

横田は噴き出し、それからちょっと思案顔になる。

「俺は声の仕事をしてますけど、さっきも言ったように先輩声優の演技に憧れてこの仕事を志したのであって、自分がいい声だなんて思ったことは一度もないんです」

今度は渚が目を丸くする。

「でもすごくいい声です。そういうお仕事をするためにある声だと思います」

「ありがとうございます」

横田ははにかんだように肩を竦《すく》める。

「渚先生にそう言ってもらえるのはすごく嬉しいし、そう思ってくださる方がいるから、多分今こうしてこの仕事で食べられているんだと思います。俺にとっては普通の声だけど、それで仕事ができているってことは、結果的にはこの声は俺が持って生まれた才能なのかもしれません」

「もちろんそうです！　めちゃくちゃすごい才能です！　声も、抑揚も、全部が耳にすうって入ってきて、気持ち良くて、すごく、あの……」

必要以上に力説してしまって、あ、ヤバい……と口ごもると、横田はやさしく頷いてくれる。

「その言葉、そっくりお返ししますよ」

「え？」

「渚先生の暮らしぶりもそうです。持って生まれた感性と、育った環境に培《つちか》われたセンスは、ご自分にとっては普通のことでも、周りから見たら才能なんです」

そんなことは考えたこともなかった。ただ自分の楽しみのために、心地いいからしているだけのことが才能？　むしろそんなことばかりしている自分は現実逃避のダメ人間だと、罪悪感《ざいあくかん》を覚え続けてきたのに？

「もっと自信をもってくださいね。……って言っても、渚先生の性格からしていきなり自信を持つなんて無理かもしれないけど、せめて楽しみましょうよ。渚先生のファンの人も、一緒に仕事をするスタッフも、きっとその方が嬉しいと思いますよ」

横田の声に被《かぶ》さるように、その胸ポケットの携帯からメッセージの着信音が響く。取り出して画面を見た横田は、名残惜しげな笑みを浮かべた。

「すみません、呼び出し来ちゃったんで、行ってきます」

立ち上がった横田を玄関まで送ろうとすると、横田が足を止めて振り返った。

「今日は先生の部屋にお邪魔させてもらったので、今度は俺の部屋に遊びに来てくれませんか？」

至近距離で気さくに誘いかけられて、渚はどぎまぎしながら後ろに下がった。それをよろけたのと勘違いしたらしい横田に手と肩をつかまれる。

「大丈夫ですか？」

「あ……はい……」

「遊びにとか言って、実は住みやすい空間の整え方を伝授してもらおうっていう下心ありありなんですけど、厚かましすぎるかな」

ボディタッチされた状態でいい声で囁かれて、渚はすっかりパニックに陥る。

「厚かましいだなんて、あの、喜んで、いつでも」

勝手に言葉が転がり出てくる。

「ホントですか？　じゃあまた連絡しますね！」

横田は渚の手を両手でぎゅっと握って上下に振り、笑顔で慌ただしく去っていった。

握られた手の感触はその夜寝るまで生々《なまなま》しく残っていて、渚を落ち着かない気持ちにさせた。

4

動揺のあまり「いつでも」などと前のめりに応じてしまったが、本当に誘われたらどうしよう、いや、きっと横田《よこた》だって今度こそ単なる社交辞令で言ったに違いない、などと渚《なぎさ》は一人混乱に陥《おちい》っていたが、数日後、その混乱にあっさりとピリオドが打たれた。横田から誘いのLINEがきたのだ。

『今夜は忙しいですか？　もし時間があったらうちに遊びに来ませんか？』

ストレートな誘いの言葉に胸がときめく。予定はないし、すごく嬉しいけれど、嬉しいのと同じくらい緊張する。

渚の戸惑《とまど》いを見透かしたかのように『四ノ宮《しのみや》も一緒です』という補足が届いた。渚はほっとしてOKの返信をした。

四ノ宮とも、時々他愛《たわい》もないLINE交換をしている。あんな失礼な初対面だったのに、四ノ宮はとてもフレンドリーに接してくれる。

仕事が終わり次第、車で迎えに来てくれるというので、渚は先日作って半分冷凍しておいたタルト生地を解凍して、手土産《てみやげ》のチーズタルトを焼くことにした。

半分は、この前、別の収録の仕事終わりに、スタッフに振る舞った。以前、陰口を言われているのをうっかり耳にしてしまった制作会社の面々だった。

渚はこれまでいつも仕事が終わるなり自分の部屋に逃げ帰っていた。だが先日は思い切って自分も後片付けに加わってみた。

横田の話が、ずっと頭にこびりついていた。

最初から志《こころざ》したことではなく、偶然行きついた場所だったとしても、結果的にそこが自分の居場所になることもあるのだ。

自ら望んだわけではないというのをずっと言い訳にしてきたけれど、今、こうして仕事をさせてもらっている以上、もっと真剣に仕事と向き合うべきだと思った。

珍しく渚が片付けに残ったことを、スタッフは怪訝《けげん》に思ったようだ。チラチラと視線を送られて、もしかしたら自分がいるせいで陰口も叩けないと思われているのかもといたたまれない気持ちになり、いつものように部屋に逃げ帰りたくなったけれど、横田の笑顔を思い浮かべてぐっと我慢した。

片付けのあと、お茶を入れて、タルトを振る舞うと、スタッフたちは口々においしいと喜んでくれた。空気がやわらいだところで、渚は正直に自分の気持ちを伝えた。

話し下手《べた》で緊張しやすいので、スタッフとの接し方がわからなくてつい及び腰になってしまうことを打ち明けると、ＡＤ二人が「わかります」「俺も！」と共感してくれた。ディレクターは「渚先生、御曹司《おんぞうし》だから、我々下々から気安く話しかけられたくないのかと思ってました」と冗談ぽく言った。実際、そういう高慢な人間だとみんなに思われていたに違いない。

すぐにすっかり生まれ変わることは不可能だけれど、二世様と陰口を叩かれていたのは、二世という立場よりも、渚の態度や心根に原因があったのだと気付かせてくれた横田に感謝したかった。

焼きあがったタルトがほどよく冷める頃、四ノ宮の運転する車で二人が迎えに来てくれた。

「すみません。場所を教えていただいたら、こちらから伺《うかが》ったのに」

渚が恐縮すると、横田が「とんでもない」と笑う。

「渚先生は有名人だから、外を歩くとまたこの間みたいに次々声をかけられちゃうでしょう」

「夕ごはん、なにか買っていっちゃおうか。渚先生、何が食べたいですか？」

運転しながら四ノ宮に問われて、渚は遠慮《えんりょ》がちに言った。

「あの、お二人の食べたい物があったら、俺、作りますよ？」

「ホントですか？」

助手席の横田が振り返って目を輝かせる。

「やったー！　じゃあ餃子《ぎょうざ》でお願いします！」

四ノ宮が言う。

「なに一人で決定してるんだよ」

「悠陽《ゆうひ》、餃子きらい？」

「いや、大好物だけど」

「じゃあ、決定じゃん！」

テンポのいいやりとりでメニューが決まり、料理をしない横田の家には食材が一切ないと言うので、スーパーに寄った。「場所柄《がら》、渚先生のファンだらけだから」と止められて、渚は車の中で二人が買い物をしてきてくれるのを待って、横田の部屋に向かった。

片付けが苦手だという横田の部屋は、実際いかにも一人暮らしの独身男性の住まいという雰《ふん》囲気《いき》だった。

「僕はともかく、渚先生をよくこの状態の部屋に呼ぶ気になったね」

呆《あき》れ顔《がお》の四ノ宮に、横田は真顔で応じる。

「これでも昨日頑張って、掃除機だけはかけたんだけど」

「そういう問題じゃないだろ」

「渚先生にありのままの姿を見て、アドバイスして欲しかったんだよ」

「甘えんぼかよ」

レッド隊員とピンク隊員の軽妙な会話に、思わず笑ってしまう。

「ほら、渚先生だって呆れて笑ってるだろ」

「いえ、素敵な部屋だなって思って」

「素敵⁉」

横田と四ノ宮の声がハモる。

「いや、あの、この雑然とした感じ、肩が凝《こ》らなくて居心地がいいなって思います」

「甘やかしちゃダメだよ。渚先生、はっきり言ってやって。いくらモテても、こんな部屋を見られたら百年の恋も醒《さ》めるって」

「いえ、ギャップ萌《も》えっていう言葉もあるくらいですし」

醒めるどころか、生活感あふれる空間に、渚はむしろ感激していた。玄関とリビングの間の狭《せま》い通路に積み上げられたAmazonの空き箱や、ソファの背に無造作にかかったパーカ、テーブルの上の空《から》のペットボトルなど、ここで横田が日々暮らしているのだと思うと、すべてが萌え要素でしかない。

「ほら、汚《きたな》すぎる部屋の片付けアドバイスを放棄《ほうき》したいばっかりに、先生が適当なこと言い出したぞ」

なんでも面白《おもしろ》おかしくしてくれる四ノ宮のツッコミに笑いながら、渚は段ボール箱さえ潰《つぶ》して捨てれば完璧《かんぺき》ですと、手伝いを申し出たが、「そんなことを渚先生にさせるなんてとんでもない！」と却下《きゃっか》された。

料理をしないというだけあって、キッチンは油汚れなどもなくとてもきれいだった。

受け取ったレジ袋から渚が食材を取り出していると、四ノ宮がひょこっと傍《かたわ》らにやってきた。

「覚えたいので手伝わせてください。おいしい餃子のコツってなんですか」

「とりあえず、皮の包装に書いてある通りに作ると、うまくいきます」

渚が大真面目《おおまじめ》に答えると、四ノ宮が「え？」という顔になる。横田も段ボール箱を潰す手を止めてこちらを振り向いた。

「料理しない俺が言うのもアレですけど、意外なコツですね」

ホットケーキでも餃子でもカレーでも、渚はまずは基本のレシピに忠実に作ることが多い。それでよく料理研究家を名乗れるものだと一部から揶揄《やゆ》されていることも知っているが、一周回って目新しいという支持も多いと、番組スタッフに教えられたことがある。

「でもこれって、野菜の水分を取る工程が省略されてますよね？　キャベツを刻んだあと、塩をして水気をしぼるって、よく料理本に書いてあるから僕はそうしているし、うちの奥さんは、さっと茹《ゆ》でてしぼってから刻んでます」

四ノ宮は結構料理をするようで、手順に詳《くわ》しい。

「そうですね。好みもあると思うんですけど、しぼり加減によっては野菜がただのしぼりかすになってしまって、食べたときにあんが肉団子みたいになっちゃうので、俺はこの説明通り、刻んだだけで肉と混ぜてます」

「あるある、肉団子！」

四ノ宮が激しく共感してくれる。

あんができあがる頃には段ボール箱を解体し終えた横田も加わり、三人で餃子を包んだ。

「悠陽、具が多すぎだってば。ちゃんと渚先生のやり方見てみろよ」

「多いかな。あ、破れた」

「お仕置き決定よ、レッド」

「勘弁してよピンクちゃん」

急に声音を作って会話を始める二人に、渚は思わず笑ってしまう。

餃子を包むという地味な作業と、飛び交う豪華《ごうか》な声のギャップがおかしい。

二人とも普段の声もすごくいいが、キャラクターの声を出すと急にスイッチが切り替わったように響きが良くなって、プロってすごいなと心の中で感嘆する。

底をカリッと焼きあげたジューシーな餃子は二人に大好評で、皮三袋分作ったが、足りないくらいだった。

料理は楽しいなとしみじみ思う。考えてみれば子供のころから、食事の支度《したく》をして両親に喜んでもらえるととても嬉しかった。

会社員時代はつらいことばかりで、仕事というのはああいうものなのだと思うようになった。そこからドロップアウトしてしまった自分は人間失格なのだと思っていた。

料理をしたり、生活空間を整えたりすることはとても楽しく、楽しいからこそそれを仕事と呼んではいけないと考えていた。早くまた「ちゃんとした仕事」に就かなければ、と。

でも、横田たちを見ていると、仕事を楽しむのは悪いことではないと思えた。むしろ好きで楽しんでやってくれていることが、ファンとしては嬉しい。

この前、横田も「楽しみましょう」と言ってくれた。

多分、横田に出会わなかったら、今の仕事に関してこんなふうに考えることもなかっただろう。

ちょうど餃子を食べ終えたところで、四ノ宮の携帯に現場から呼び出しが入った。

「女子のガヤが足りないから今すぐ来いって。大下《おおした》D、僕のことをなんだと思ってるんだよ」

ぶうぶう言いながらも帰り支度を始める。渚は手土産のチーズタルトを急いで切り分け、一切れずつホイルでキャンディ包みにしてエコバッグに入れ、四ノ宮に差し出した。

「これ、よかったら奥さんと召し上がってください」

「わ、すごーい！　渚先生の手作り？　しかもこの包み方、めっちゃおしゃれ！　さすがプロ！」

四ノ宮はやたらと感動してくれて、エコバッグを大事そうに抱《かか》えて名残惜《なごりお》しげに帰っていった。

二人きりになったとたん、予想外の緊張が渚を襲う。

ムードメーカーの四ノ宮がいなくなったせいで妙にしんとしてしまい、改めて今、横田の部屋にいるのだと意識した。

「これ、すごくおいしいですね。こんなすごいものを手作りできるなんて、魔法使いですか？」

ケーキをひとくち食べて、横田が大仰《おおぎょう》に褒《ほ》めてくれる。

「甘いもの、大丈夫でした？」

「大好きです」

いい声で言われて、思わず赤面しそうになる自分がバカすぎてうろたえる。

そうか、甘いものが好きなのか。

「渚先生と結婚する人は幸せですね。毎日こんなおいしいものが食べられて」

結婚など一生できるはずがないし、毎日スイーツを作りたい相手はむしろ目の前のあなたです。

などという脳内がダダ漏れないように、無言でフォークを操り、タルトをひとくち大に切ることに気を取られているふりをしていると、横田がふっと笑った。

「渚先生、四ノ宮といるときの方が楽しそうですね」

思いがけない方向に誤解されてさらにうろたえる。

「そんなことないです！　あ、いえ、もちろん四ノ宮さんは楽しい方ですけど、そういうことじゃなくて、二人きりって緊張するっていうか……」

あ、しまった。意味深なことを言ってしまったと、慌てて言い訳を連《つら》ねる。

「昔からそうなんです。複数でいるときには普通に話せる相手でも、二人きりになると緊張してしまって」

実際嘘ではない。

「なんとなくわかります。俺も子供のころそうだったな」

横田がさらっと同意してくれたのでほっとした。

横田に対して特別な好意を抱いていることを悟られたくはないが、真逆にとられるのも不本意で、なんとか普通に普通にと自分に言い聞かせる。

「こんな感じで人づきあいが得意じゃなくて、あまり親しい友達とかもいないので、誘ってもらえるのはすごく嬉しいです」

「よかった。無理矢理誘っちゃったうえに、ごはんまで作らせてしまって申し訳なかったなぁって思っていたんです。手土産まで用意してもらっちゃって」

「とんでもない！　料理は大好きだし、食べてもらえるのはすごく嬉しいです。それにタルトは、ちょっとついでもあって」

そこで渚は、撮影スタッフにタルトを振る舞ったいきさつを話した。今まで自分の大人げない態度でスタッフに誤解を与えてしまっていたこと。横田のおかげで気持ちに変化が生じたこと。

「今までずっと、この仕事は次の就職先を見つけるまでのつなぎみたいなイメージで、どこか真剣みを持って臨《のぞ》んでいなかったなって、この間横田さんの話を聞いて気付かされたんです。自分にとって楽しいことを仕事にしていいっていうことも、知らなかったし」

「そんなふうに思ってもらえたなんて嬉しいな」

横田はニコッと笑って、「でも」と渚の方に少し身を乗り出してくる。

「渚先生のことを傲慢《ごうまん》だなんて陰口を叩いたスタッフは、ちょっと許せないです」

「それは、俺の態度が悪かったからです。無愛想で感じ悪くて」

「渚先生が緊張しやすいかわいい人だっていうことは、初対面の俺にだってすぐにわかりましたよ」

ぶわっと顔が熱くなり、渚は慌てて視線をそらした。

コミュ力の高そうな横田にとっては大した意味もない言葉だとわかっていても、交感神経の作用を理性で制御《せいぎょ》するのは不可能だ。

「迷惑じゃなかったら、またこんなふうに誘わせてくださいね」

渚のややこしい胸の内など知る由《よし》もない横田は、のどかにそう言ってくれる。

言葉通り、横田はより頻繁《ひんぱん》に連絡をくれるようになった。多忙な仕事柄、そんなにしょっちゅう会えはしないが、時間があればお互いの家を行き来した。

親しくなる中で、気持ちが表に出ないようにするのに随分《ずいぶん》と気を遣《つか》った。声のファンだということはすでにバレている。それに関しては、パン職人に「あなたの作るパンが好きだ」と言ったのと同じ感覚で受け止めてもらえたようだ。

ただのファン以上の気持ちを抱いてしまっていることは、絶対に伝えるつもりはない。こんなふうに仕事を超えて友達のような関係になれたことは思いもよらない僥倖《ぎょうこう》で、ここが幸せの頂点だと思っている。これ以上なんてありえないし、想像すらしたこともない。現状維持《いじ》こそが最高の幸せだ。

自分が陰気で面白みがないことは充分自覚しているから、せめて料理でこの関係を長く維持《いじ》したいと、会うたびにささやかな手料理を振る舞った。自分が好きで得意なことを、好意を寄せる相手が喜んでくれるのはなんともいえず嬉しかった。

横田といると、今までになかったような前向きな気持ちが湧《わ》いてきた。自分もきちんと仕事と向き合いたい。横田のように自分の仕事を誇《ほこ》れるようになりたいと思った。

そうして真面目に取り組み始めると、物事の感じ方も変わってきた。

これまではなりゆきでまな板に載せられ、いいように料理されている感覚があったから、仕事に対して感謝どころか、被害妄想《もうそう》のようなものすら抱いていた。

傲慢、と評したスタッフの言葉は正しかったと改めてしみじみ思う。確かに自分は傲慢だった。

きちんと取り組むと、景色はまるで違って見えた。たくさんの人の手があって、自分はここにいられるのだと、表面的な言葉だけではなく、実感として理解した。

横田のおかげで小さく生まれ変わったような気がしたが、そんな中、すべてを台無しにしそうな気持ちの揺れにとらわれることが時々あった。

今もそうだった。

番組収録のあと、横田は次の仕事まで数時間空《あ》きがあるというので、渚の部屋でゲームをしていたのだが、渚がお茶を入れ替えて部屋に戻ってみると、横田がラグの上で眠っていた。横田の仕事は時間が不規則で、深夜に及ぶことも度々《たびたび》らしく、きっと疲れているのだろう。

自分のテリトリーですっかり気を許してくれている横田の姿に、胸がきゅっとなる。

お茶のトレーをそっとテーブルにおろして、渚は横田の眠りを妨《さまた》げないように静かにそばに座った。

かすかな寝息までがイケボに聞こえるのは、末期症状だろうか。

毛先が顔の片面にかかっているのが無意識にも鬱陶《うっとう》しいのか、時々瞼《まぶた》がぴくぴくする。渚はおそるおそる指をのばして、そっと横田の髪を顔からのけた。

露《あら》わになった端整な横顔に思わず見惚《みと》れる。眠っていても美しい。

いつもはいい声を発する唇が、今は静かに引き結ばれている。

気付いたら、指先でその唇に触れていた。思いのほかやわらかな感触にはっと我に返り、渚

は慌てて手を引っ込めた。

ばかばかばかばか！

友達以上のことなどありえないし、想像すらしていないつもりだったのに。

寝ている友達の唇に触るなんて、普通は絶対しないはずだ。

渚は慌ててコントローラーを拾いあげ、ゲームを再開した。その音で横田が身じろぎし、目を覚ます。

「……あれ、俺、寝ちゃってた？」

「すみません、起こしちゃいましたね」

「いや、こっちこそすみません」

横田はきまり悪げに笑って、手櫛《てぐし》で乱れた髪を直す。

「渚先生と一緒にいると、居心地よくて和《なご》んじゃって」

寝顔に見惚れていたこと。思わず唇に触ってしまったこと。一緒にいると和むと言われたこと。いろんなことで胸の中が炭酸の泡《あわ》みたいにパチパチして、なんとか気持ちを落ち着けようと、笑顔を取り繕《つくろ》う。

「同業者のお友達といる方が、話も合うし、盛り上がって断然楽しいと思いますけど」

「もちろん、仕事仲間と過ごすのも楽しいです。でも先生とまったり過ごすのは、それとはまた全然違う心地よさです。勝手にめちゃくちゃ寛《くつろ》いじゃってます」

嬉しいのと、横田にリップサービスをさせてしまったという申し訳なさとの間でおろおろして、動揺を押し隠すために適当なことを口走る。

「あの、今さらなんですけど、『先生』って言われるの、なんだか恐縮します。歳だって俺の方がひとつ下だし」

「歳は関係ないでしょう。でも、せっかくそう言ってくれるなら、これからプライベートでは『先生』抜きで呼ばせてもらおうかな」

そう言って横田は、渚の目を見て、甘く響く声で言った。

「渚くん」

さっきといい今といい、自分から振った話題なのに、不意打ちで呼び方を変えられて顔が熱くなり、一キロ先まで聞こえるんじゃないかという勢いで心臓がドキドキいいだす。

胸の中で暴れる邪《よこしま》な感情を絶対に気付かれてはいけないと、渚は必死で気持ちを押し殺し、ゲームに気を取られているふりを取り繕った。

四ノ宮から思いがけない電話をもらったのは、渚が横田への恋情を募《つの》らせていた、ある日のことだった。

『急に電話しちゃってすみません。渚先生、今夜忙しいですか？』

特に予定もない日だったので、その通りに応《こた》えると、四ノ宮は『よかった！』と電話の向こうで嬉しげな声を出した。

『今夜、友達と一緒に悠陽たちのライブに行くはずだったんですけど、友達が仕事でダメになっちゃって。渚先生、一緒に行ってくれませんか？』

ライブという言葉に面食らう。今日はなにかのイベントがあって忙しいと横田から聞いてはいたが、アニメのイベントかなにかだろうと思っていた。あるいはそういうイベントのことをライブと呼ぶのだろうか。

渚の沈黙をどうとったのか、四ノ宮が訊《たず》ねてくる。

『あ、もしかして悠陽から直接、招待を受けてたりします？』

「いいえ、そんなことはないです」

『じゃあぜひ、一緒に行きましょうよ！』

なんだかよくわからないけれど、横田がキャラクターの声を出してくれたりするのだろうか。そういう仕事をしている横田を生で見てみたいなという気持ちがわいて、渚は四ノ宮の誘いに応じていた。

夕暮れ時、待ち合わせの駅で四ノ宮と落ち合った。

駅前にアウトレットモールのあるそこは、大きなイベント会場がある場所として有名だが、降り立つのは初めてだった。

駅周辺には若い女性客が目立ち、イベント会場へと連《つら》なる人の列は華《はな》やかな活気に満ちていた。

その列に混じって一緒に歩き始めると、四ノ宮はにこにこと言った。

「この間のタルト、めっちゃおいしかったです。うちの奥さんも感激してました」

「四ノ宮さん、料理上手《じょうず》そうだから、簡単に作れますよ」

「ホントに？　今度こっそりレシピとか教えてもらえませんか？」

「もちろん、喜んで」

「僕、甘いの大好きなんです。あ、悠陽もああ見えてめっちゃ甘党なんです。知ってます？」

今日の四ノ宮はデニムにパーカというごく普通の二十代男子のカジュアルな服装で、キャップとメガネで顔を隠し気味にしているが、その特徴的な声のせいか、喋《しゃべ》っているうちに周囲がざわつき始めた。

四ノ宮とは今までにも何度か外で会ったことがあるが、こんなふうに騒がれるのを見るのは初めてで、場所柄なのかなと思うとともに、改めて四ノ宮が人気声優だということを実感する。

「ごめんね。今日は僕が目立つとykmがかすんじゃうから、気付かなかったことにして！」

話しかけてきたファンを愛嬌《あいきょう》で撒《ま》き、同じように周囲から気付かれ始めた渚の手を引いて、四ノ宮は足早に列をすり抜けていく。

イベント会場の外では、テントに人だかりができていた。

「物販《ぶっぱん》混んでるから、並ばなくてもいいですよね？　グッズが欲しかったら悠陽たちにねだればいいし」

茶目っ気たっぷりに言う四ノ宮に、渚はおそるおそる訊ねた。

「あの、無知で恥ずかしいんですけど、ｙｋｍってどんなアニメですか？」

四ノ宮は驚いたようにメガネの奥の目を見開いた。

「いや、アニメじゃなくて、悠陽たちのユニット名です。この前会った海崎《かいざき》と向井《むかい》と三人の頭文字をとって、ｙｋｍ」

「なるほど」

確かにユニットを組んでいるという話は聞いたことがあったが、あえて調べたりはしなかった。

検索《けんさく》恐怖症は相変わらずだし、なにより横田と親しくなって惹《ひ》かれれば惹かれるほど、これ以上深みにはまってはいけないというブレーキが働いて、『モエルンジャー』を観る以外は、余計な情報は入れないようにしていた。

「すみません、不勉強で」

「とんでもない。この業界って知る人ぞ知るっていうマニアックな世界なので、知らなくて当然だと思います。ただ渚先生は悠陽と仲良しみたいだから、てっきり本人から仕事の話とか聞いてると思ってて」

「今どんな仕事をしているとか、あまりそういう話はしないので」

「逆に仕事以外でどんな話をしてるのか、興味あるなぁ」

渚は横田との時間を思い出してみる。横田がこの道を志《こころざ》したきっかけを聞かせてもらったのは、仕事と言えば仕事の話だが、あとは例を挙げられるほど中身のある会話をしているわけでもない。

「どこで食べた何がおいしかったとか、あとは一緒にゲームをしたり……。仕事で疲れてるのか、横田さんが俺の部屋でうたたねしちゃったこともあったし」

「それ、我が家の日常と似てるなぁ」

四ノ宮がくすくす笑う。

夫婦の日常になぞらえられて、渚は内心焦《あせ》る。ここに横田がいなくてよかった。いたらさぞや気持ち悪く思われただろう。

声優ユニットというのがなにをするものなのかもわからないまま、渚は四ノ宮に急《せ》き立《た》てられてホールへと入った。

すでに開演時間が迫り、広いホールはほぼ若い女性ファンで埋《う》め尽《つ》くされていた。みんな手に手にサイリウムやうちわを持ち、期待と興奮にうずうずした空気が伝わってくる。

状況を把握《はあく》できずにいるうちに、場内の照明が落とされ、一瞬大きくなったざわめきが静寂へと変わる。

音楽が流れ出し、ステージに照明が当たった瞬間、空気を揺るがす歓声があがる。スタイリッシュな衣装に身を包んだ三人が、歌いながらせりから飛び出してくると、歓声は天井《てんじょう》を突き破らんばかりになった。

そこから先は呆然《ぼうぜん》としてしまって現実感がなく、夢を見ているようだった。

声優というより、完全にアイドルの三人組。観客たちは彼らが演じる何かを目当てにきているわけではなく、彼らそのものを見に来ているのだ。

そういう世界があることを知らなかったから、渚は激しいカルチャーショックを受けた。

踊りながら歌い、洒脱《しゃだつ》なトークで観客を沸《わ》かせる男は、渚が知っている横田とは別の人のようだった。

もちろん、普段の姿も十二分にかっこいい。だが今、ステージで一万人近い人々の目をくぎ付けにしている横田は、渚には手が届かない遠い存在だった。

あんなセクシーなファルセットを使えることも、あんなふうに踊れることも知らなかった。

横田がひとことなにか言うたびに、会場がどよめき、黄色い歓声があがる。

渚の中の横田のイメージは、『モエルンジャー』のレッド隊員に近かった。ものすごくかっこいいけれど、決してそれを前面に押し出さず、仲間の女性隊員たちから失笑を買う三枚目を装っている、どちらかといえば包容力のある癒《いや》し系という感じ。

けれどステージの上の横田は、つけ入るすきもないほどかっこよくて神々《こうごう》しかった。渚たちの前列の女の子は、横田の名前が入ったうちわを振りながら、感極まって号泣している。

一緒に過ごしているとき、横田はよく、テレビで顔を知られている渚が通りすがりの相手から声をかけられるのがストレスではないかと気にしてくれた。外ではなくて、お互いの部屋で会うことが多いのも、横田のその気遣いからで、渚も素直にそれを受け入れていた。

だが、自分が人目を気にするなんて、笑ってしまうくらいの思い上がりだったと知る。ちょっとテレビで見たことがある顔、という物珍しさだけの人が大半なのだから。

こんなにたくさんの人たちから熱狂的な感情を向けられる横田は、まるで異次元の存在だ。

声が大好きな相手と、たまたま一緒に仕事ができて、それをきっかけにプライベートでも友人になれた。そのいい関係を壊したくないから、絶対に気持ちを知られたくないと思っていた。

でも、そんな次元の話ではなかった。

会場を揺るがす数えきれないほどの人たちが、ステージ上の横田たちに恋をしている。

そう、ファンがアーティストに寄せる強い熱狂は、一種の恋愛感情のようなものだと思う。

ふと耳にしたレッド隊員の声を好きになって、横田のことなど何も知らないまま運良く知り合いになれた自分などとは違う。

みんなずっと前から、ずっと深く横田の魅力を知っていて、たくさんの時間や情熱を費やして応援してきたのだろう。

疚《やま》しい感情さえ隠しおおせれば、友達としていい距離感で楽しく過ごしていけるなどとあざということを思っていた自分が心底嫌になった。

そんな厚かましいことをしてはいけない相手だと思った。

ライブが終わり、場内に明かりが灯《とも》ると、夢から覚めたみたいな感覚になった。

規制退場の誘導放送が流れる中、会場はまだ余韻《よいん》を引きずってため息のようなざわめきに満ちていた。

「はー、相変わらずパワフルなステージだったなぁ」

四ノ宮がしみじみと感想をもらす。

「すごかったですね」

「悠陽はこの業界では珍しく現場マネが付くくらい人気すごいし」

笑顔で相槌《あいづち》をうってみせながらも、渚は放心状態だった。

ホールを出ると、四ノ宮が言った。

「このあと楽屋に寄るので、渚先生も一緒に行ってびっくりさせましょうよ」

「すみません、ちょっと熱気に当てられて疲れたので、俺はこれで失礼します」

「え、大丈夫ですか？」

「大丈夫です。今日はありがとうございました」

心配顔の四ノ宮を振り切るように、渚は人ごみに紛《まぎ》れて会場をあとにした。

好意で誘ってくれた四ノ宮に対して失礼な態度だと思ったが、ここから逃げ出したいという衝動に勝てなかった。

駅へと戻る道中も、興奮をたたえた観客の列が続いていた。

渚は一人、来てはいけない場所に紛れ込んでしまったような所在無さを覚え、ほとんど駆け出すような速足でうつむいたまま帰途についた。

帰宅して放心状態のままシャワーを浴び、自室のテレビをつけた。今夜は『モエルンジャー』の放送日だった。

レッド隊員は相変わらずほかの四人のメンバーにことごとくつっこまれ、ダメ出しをされている。

しかしクライマックスでは鮮やかな戦いぶりで敵を倒し、決め台詞《ゼリフ》を口にする。

『俺はすべての女の子たちを守るために生まれてきたんだ』

今夜ほどその台詞が身に沁《し》みたことはなかった。

あの広いライブ会場で、横田はまさしくすべての女の子たちの王子様だった。

テレビのゴールデン枠《わく》に顔出しで登場するメジャーなアイドルと違って、深夜アニメに声のみで登場する横田は、知る人ぞ知る陰のスターだと思っていた。

それは渚の無知ゆえの勘違いだった。

横田は陰の存在ではなく、あんなに広い会場を、万単位のファンで埋めるような、本物のアイドルだったのだ。

気の置けない「友人」などではない。遠い遠い存在。

自分の気持ちの混乱をうまく自分に説明できずにさらに混乱しながら、渚はとっくに『モエルンジャー』が終わって通販番組が流れるテレビを、いつまでもぼんやり眺《なが》めていた。

5

次の収録は、今までになくぎくしゃくとしてしまった。

撮影スタッフとともに横田《よこた》が現れたとたん、うわ、スターだ……と思ってしまい、目も合わせられずに、撮影の準備に追われるふりをした。

ライブの翌日、横田からは『昨日、観に来てくれたそうですね』というLINEをもらった。前日のショック状態を引きずっていた渚《なぎさ》は、『ごめんなさい』と返した。

自分のような何も知らない人間が、場違いなところに紛《まぎ》れ込《こ》んでしまってごめんなさいという気持ちだったが、送ってしまってから、おかしなメッセージだったと焦《あせ》った。『楽しかったです』とか『かっこよかったです』とか、もっとポジティブな言葉を送るべきだったのに、『ごめんなさい』ってなんなんだ。

改めて何か送り直そうと思ったが、ちょうど仕事中でタイミングを逸《いっ》し、それきり横田からも特に何も言ってこないまま、今日になってしまった。

その間に、渚は初めて横田の名前を検索《けんさく》した。

たくさんの記事、写真、動画。海外でのサイン会やライブの映像などもあり、横田の国内にとどまらない人気を思い知って、空恐《そらおそ》ろしくなった。

私的な気持ちの揺れを仕事に持ち込んではいけないと、撮影中は極力気を張って臨《のぞ》み、大きな失敗もなく終わったときにはほっとした。

横田は次の仕事があるらしく、マネージャーが迎えに来ていたが、いつものように渚のところにひと声かけに寄ってきた。

今日はカジュアルな私服姿だが、先日のきらびやかなステージ衣装が瞼《まぶた》をよぎって、直視できない。

「今夜、仕事あがりに寄らせてもらってもいいですか?」

これまでにも、仕事終わりに横田が遊びにきたことは何度もあった。

しかし今は、横田と二人きりになるのが怖かった。

「すみません、今夜は両親が久々に揃《そろ》うので、一緒に食事をする約束をしていて……」

本当はどちらも海外出張中で、帰国は週末なのだが、適当な嘘でお茶を濁《にご》した。

横田は何か言いたそうな顔をしたが、マネージャーにせかされ、

「じゃあ、また近々誘わせてください」

短くそう言って、去って行った。

夜半、インターホンが鳴ったとき、渚は風呂上がりで、濡《ぬ》れ髪《がみ》を拭《ふ》きながらぼんやり物思いにふけっていた。

こんな時間に誰だろうとモニターを見に行き、そこに物思いの相手である横田が映《うつ》っているのを見て驚いた。

どぎまぎしながら通話ボタンを押して応じると、

『夜分に申し訳ないです。また忘れ物をしてしまって』

横田に言われて、渚は慌てて玄関の鍵《かぎ》を開けた。

「気付かなくてすみません。リビングですか？」

先に立ってリビングに引き返す渚に、後ろから横田が話しかけてくる。

「ご家族団らんの時間をお邪魔してしまいましたね」

「いえ、両親はどちらも出張中なので」

思わぬ訪問にあたふたしてしまい、つい本当のことを言ってしまう。

自分でこじつけた設定を忘れていたことに気付いて、はっと横田を振り返ると、横田はそれを怪訝《けげん》がるふうもなく、むしろ思った通りだとでも言いたげな顔をしていた。

「あの、忘れ物はどのあたりに……」

自分の失言をごまかそうと、渚はリビングを見回して、横田の所持品を探すことに気を取られているふりをする。

横田はドアの横に立って、静かな声で言った。

「正確には、忘れ物というより、話し忘れたことがあるんです」

「え?」

渚が振り返ると、横田は今まで見たことがないような沈《しず》んだ表情で口を開いた。

「ご両親と食事というのは、嘘だったんですね」

「それは……」

「俺を避けるための」

「そうじゃなくて……」

「原因は、この間のライブですか?」

ずばりと言い当てられて、渚は思わず言葉を失う。

「あのときのLINEの返信で違和感を覚えてはいたんですけど、今日会って、あからさまに様子がおかしいと確信しました」

この一週間、そして今も、横田のことで悶々《もんもん》としていた渚は、その疚《やま》しさゆえに、横田に全部を見抜かれたのだと思い込んで、血の気が引いた。

最悪だ。そういうことにならないために、距離感に充分気をつけてきたつもりだったのに。

「ライブでの俺を見て、渚くんがどんなふうに思ったのか、だいたいわかりますよ」

横田は皮肉っぽい表情を浮かべて言う。

間違いない。恋心がバレてしまったのだ。

「ただ、頭では理解できても、気持ちで理解するのは難しいです」

それはそうだろう。一緒に仕事をする同性から恋愛感情を向けられるなんて。そういう性指向の人間がいるのを頭では理解できても、気持ちのうえで不快に感じてしまうのはいたしかたないことだ。

「……すみません、本当に、あの」

「だから、渚くんにはああいうところに来て欲しくなかったのに」

横田の唇から発される拒絶の言葉に、渚は激しいショックを受けた。

「だから」ということは、横田は前から薄々渚の気持ちに気付いていて、そんな気持ち悪い男を、ファンが集《つど》うような場には呼びたくなかったに違いない。

横田の心情に気付かなかった自分は、なんて愚鈍《ぐどん》なのだろう。

元々渚は、自分の気持ちを横田に告げるつもりなどなかったから、拒絶される心の準備もまったくできていなかった。

呆然《ぼうぜん》としてただ「すみません」と繰り返すしかできない渚に、横田はふっと自嘲的《じちょうてき》に笑った。

「渚くんのせいじゃないですよ。そう思わせてしまった俺が悪いんですから」

男をも虜《とりこ》にする自分に責任があるとでもいうのか、今度は横田が「すみませんでした」と謝りだす。

なんの非もない横田に、謝罪《しゃざい》の言葉を言わせるのが申し訳なさすぎて、渚は首がちぎれるくらいに横に振った。

「悪いのは全面的に俺の方です。俺が横田さんを好きになったばっかりに、不快な思いをさせてしまって……」

渚が必死で言い募《つの》ると、横田が急に「え?」という顔をした。

「今、なんて?」

「だから、俺のせいで不快な思いをさせてしまって……」

「いや、その前の部分」

「……俺が横田さんを好きになったばかりに」

「……好き?」

知らない言語を耳にしたとでもいう顔で、横田が眉根《まゆね》を寄せる。

恋心がバレて拒絶されたのだとばかり思っていた渚は、ここにきて初めて会話が噛み合っていないことに気づいた。

え?

なにこれ?

もしかして、なにか勘違いをして、とんでもない自爆をしたのだろうか？

ドアのところに立っていた横田が、渚の方に寄ってきて、瞳を見つめてくる。

「ライブの俺を見て、チャラいなって引いたんじゃなかったんですか？」

予想外のことを言われ、渚は目を丸くして「まさか！」と否定した。

「すごく素敵でした。たくさんの人を元気にするすばらしいお仕事をしてるんだって改めて知って、圧倒されました」

横田はあっけにとられたような顔をしている。

「ライブの翌日にLINEをしたら『ごめんなさい』って返ってきたから、てっきり、軽薄で無理です、ごめんなさい、ってことかと思いました。今日もよそよそしかったし、ありもしない用事で訪問を拒《こば》まれたり」

「それは……」

「ユニットでの活動も、仕事としてプライドを持ってやらせてもらっています。見る人によっては、軽薄に感じられることは理解していますけど、気持ちとしてはそれで距離をおかれるのは不本意です」

そう言われて、さっき横田が言っていた「頭では理解できても、気持ちで理解するのは難しい」というのは、そういう意味だったのかと思い至る。

自分の突拍子もない勘違いが、とてつもなく恥ずかしくなる。

「軽薄だなんて、まったく思っていません！」

「よかった。どうしてもそのことを話したくて、こんな時間に申し訳ないと思いつつ、来てしまったんです」

そう言われて渚は、今日の収録のあともうひと仕事してきた横田を立たせたままだったことに気付いて、ソファを勧めた。

「とりあえずお茶でもいれますね」

キッチンに行こうとすると、ぐいと手を引かれた。

「そんなのいいです」

横田の隣に座らされて、じっと見つめられる。

「さっき、好きって言ってくれましたよね？」

単刀直入に切り込まれて、顔に血の気がのぼる。

「そ、それは……」

「俺を嫌っていないなら、どうして今日、よそよそしかったんですか？」

手を摑《つか》まれたまま矢継ぎ早に質問を向けられて、渚はパニックに陥《おちい》り、たどたどしく説明する。

「ライブの横田さんがあまりにも光り輝いていて、ファンの数も熱気もすごくて、……俺だっていちファンにすぎないのに、たまたま仕事でご一緒させていただいたというだけで、なんていうか……友達づきあいさせていただいてるのが申し訳ない気持ちになってしまって」

「それを言ったら、渚くんの方が何十倍も知名度が高くて、俺なんかが仲良くさせてもらうのは僭越《せんえつ》だってことになりますよね」

「そういうことじゃないんです。単なる知名度とかの問題じゃなくて、ファンの方の熱意というか……あの会場にいた人たちはみんな、横田さんに恋をしてるんだと思います」

「その瞬間、お客様にそう思って楽しんでいただけるのは、すごく嬉しいことです。でも、そのことと、渚くんとのプライベートなつきあいとは、なんの関連もないでしょう」

渚にとっては大いに関連がある。みんなのアイドルである横田に、自分が邪《よこしま》な感情を抱《いだ》いていることがうしろめたくいたたまれない。

動揺で泳ぐ渚の目から何かを感じ取ったのか、横田が核心を突いてくる。

「渚くんが言ってくれた『好き』って、どういう好きですか？」

渚は一瞬言葉に詰まった。

嘘でもなんでも『友達として』とごまかせばよかったと気付いたときには、すでに不自然な沈黙が続きすぎていて、今さらそんなことを言っても見え見えだとわかった。

「す……すみません……」

もはや謝ることしかできない。不適切な感情を抱いてしまってごめんなさい。隠しおおせるつもりだったのに、しょうもない勘違いでうっかり露呈《ろてい》してしまってごめんなさい。

「どうしてすみませんなの？」

横田が顔を覗き込んでくる。

「俺も好きですよ？」

いい声で囁《ささや》かれて、動揺で顔から火を吹きそうになる。

「え……あの……」

「以前からテレビで拝見して、いつ見てもテレビ慣れしていないかわいい方だなって思ってましたけど、思いがけず仕事でご一緒できることになって、不器用で真面目《まじめ》なところにどんどんハマっていきました。渚くんといるとすごく癒《いや》されるし、胃袋もつかまれまくりで、会えば会うほど好きになっていきました」

顔がどんどん熱くなる。

ちょっと待て。

こんなことがあっていいのか？

それこそどういう好きなのかと、と問いただしたくなる。

そんな渚の心中を読んだように、横田が言う。

「もちろん、恋愛的な意味の好きですよ」

つかまれた手から焼け焦《こ》げていきそうで、渚は汗ばんだ手を横田の手から引き抜いて、ソファの上を尻《しり》であとずさった。

「あ、ありえないです、そんな都合のいい話」

「うん、俺もそう思います。まさか渚くんから先に告白してもらえるなんて、都合が良すぎます。俺はもっとゆっくり関係を深めていかなきゃって思ってたのに」

「関係って……好きって……横田さんは、そもそもゲ……ゲイなんですか？」

「いや、特にそうだとも思ってないとも思ったことはないです。今までは女性としかつきあったことはないですけど、仕事仲間にはそういう人たちも結構いて、それに対して特に違和感を持ったことはなかったです」

渚にしてみれば、自分の性指向は昔からのコンプレックスだったので、横田のあっけらかんとしたポジティブさが俄《にわ》かには信じられない。

「そ、そんな簡単に、俺なんかに絆《ほだ》されちゃダメです！」

「絆されるだなんて。むしろ俺の方が先に渚くんを好きになって、渚くんが俺に絆されただけかもしれないでしょう？」

「それはないです！」

「どうして断言できるんですか」

「だって、俺は味噌《みそ》坊《ぼう》やの頃から、横田さんの声にドキドキしていたくらいで……」

同一人物だったことは、あとでわかったのだが。

横田は嬉しげに目を輝かせた。

「本当ですか？　すごいな、俺たち運命の出会いですね」

横田がじりっと間合いをつめてくる。渚はソファの肘掛《ひじか》けに背をのけぞらせながら、焦って横田の肩を押し返した。

「待ってください。横田さん！　ちゃんと冷静に考えた方がいいです！　今まで女性としかつきあったことない人が、いきなり男を恋愛対象にできるとか、普通考えられないですからっ」

「そうかな？　じゃあ、試してみましょうか」

そう言うと、横田は渚の両手を易々《やすやす》と払いのけ、なんのためらいもなく唇を重ねてきた。

「んっ……」

驚きで思わずあげた叫び声も、横田の唇に吸い取られる。

渚にとっては生まれて初めてのくちづけで、心臓が止まりそうになる。

やさしいくちづけをほどくと、横田は満足そうに笑い、渚の手をそっと自分の左胸に導いた。

「ほらね。渚くんとキスして、こんなにどきどきしてる」

確かに横田の心臓からは、力強く速い拍動が伝わってくる。

「渚くんはどうだった？」

「どうって……わ、わかりません、キスなんて初めてで……」

動揺しすぎて何が何だかわからなくなっている渚に、横田は目を瞠《みは》る。

「初めて？　誰ともしたことないの？」

「そうです」

「うわぁ……」

横田は感に堪《た》えないという表情で渚を見下ろしてくる。

「ヤバい。無理。かわいすぎる」

「無理なのはこっちです……」

渚はドキドキしすぎて吐《は》きそうになりながら、すぐ間近の横田の視線から紅潮《こうちょう》した顔を隠すように両手で覆《おお》った。

「こんなこと、あるはずないのに。横田さんみたいに完璧《かんぺき》な人が、俺を好きになってくれるなんて、絶対絶対あるはずないことなのに」

「渚くん、俺のこと買いかぶりすぎだから」

「買いかぶってなんかいません。横田さんは、いい声で、かっこよくて、やさしくて、明るくて、紳士で、仕事に対する姿勢も尊敬してるし、いい声で……」

「いい声だけ二回言ってくれましたね」

横田が笑い出す。

「そんなふうに思ってもらえるのは嬉しいけど、俺はそんな完璧な人間じゃありません。好きな人の態度がつれなければ落ち込むし、エロい妄想《もうそう》だってするし」

横田の口から「エロい」などという単語が転がり出てきてあわあわとなる。

この流れでいけば、自分がその「エロい妄想」の対象ということだろうか。しかし、どうやってもそんなことは想像がつかない。

「あらためて、俺の恋人になってください」

いい声で耳元で囁かれて、気を失いそうになる。あまりにも夢のようで、逆に怖くて、受け入れがたい。

「お……俺なんかが横田さんの恋人とか、ファンの人たちに申し訳なさすぎます」

横田は困ったように眉尻をさげて微笑《ほほえ》む。

「ねえ渚くん。一回自分のことから離れて、俺のことを考えてみて。アイドルだって言ってくれるなら、アイドルにだって癒《いや》しは必要だと思いませんか？」

「それはもちろん」

「プライベートが充実したら、さらに仕事を頑張れる気がします」

そう言うと、横田は再び渚の唇を塞《ふさ》いできた。

「……ん」

二度目のキスは、さっきよりも濃厚だった。唇を食《は》まれ、びっくりして薄く開いた狭間《はざま》から、横田の舌が侵入《しんにゅう》してくる。咄嗟《とっさ》に押し返そうとすると、舌を絡めとられて、くちづけはよりいっそう深くなった。

「ふ……んっ……」

生まれて初めて味わう感覚に、座っているのに腰が抜けそうになる。

横田とキスしてる。しかもこんな、いやらしいキス。

唇を解放されたときには、あらゆる意味で息があがってしまっていた。

「ほら、全然紳士じゃないでしょう?」

息がかかる距離で、横田が囁いてくる。

「幻滅《げんめつ》した?」

テレビごしにも渚をうっとりとさせてきた声が、0センチの距離で渚のためだけに囁かれる。

身体中の血液が沸騰《ふっとう》して、今にも謎《なぞ》の変死を遂《と》げてしまいそうだった。

「し……死んじゃう……こんなの……うそみたいで……」

渚が舌をもつれさせながら言うと、横田は渚の髪をやさしくかきあげながら、苦笑いを浮かべた。

「こんなことを、今日いきなりするつもりじゃなかったんですけど。俺を煽《あお》ってる自覚、ありますか?」

「そっ、そんな、横田さんを煽るような力、俺にはないです」

「無自覚でそんなにかわいいんですか?」

低く甘い声で耳元に囁かれたら、身体中をびりびりと電気のようなものが流れて、なんだかヤバいと思った。

「かわいくなんかないです。俺は男だし」

「かわいさに性別なんて関係ないでしょう?」

「性格暗いし」

「物静かって言うんですよ」

「なんの面白《おもしろ》みもないし」

「俺にとっては充分面白いですよ」

ひとこと言うたびに耳たぶを甘い声で蹂躙《じゅうりん》され、渚の意思とは無関係に、身体が官能の兆《きざ》しを帯びてくる。

気づかれまいと渚はソファと横田の間でうつ伏せに寝返りを打つ。

後ろからやさしく渚を押さえ込むように腰を抱いてきた横田の手が、渚の興奮をかすめて止まる。

「渚くん、これ……」

気づかれた……!

この場で死にたいほどの羞恥《しゅうち》にかられ、渚はジタバタと逃げをうつ。

「だって、横田さんが耳元でいい声を出すからっ」

恥ずかしすぎて逆ギレしてみせたものの、声で勃《た》つなんて、変態もいいところだ。

「本当にかわいいですね、渚くんは」

「だからっ、かわいくなんかないし……」

「大好きです」

あざといほどの美声を耳の中に吹き込まれて、身体の芯に痛いくらい血液が集まっていく。

「横田さんに大好きになってもらえる理由が、本当に全然わからないです。人見知りだし、仕事だって親の七光りだし……うわっ！」

さっきはかすめただけだった横田の手が、意思を持って渚の興奮に触れてきて、渚は思わず悲鳴をあげた。

「なっ、なにして……」

「ねえ、渚くん。さっきも言ったけど、俺は今日、こんなことをするつもりはなかったんです」

スウェットの上から、硬くなったものをそっと撫《な》でられて、渚は腰をビクつかせた。

「やっ……」

「でも、さっきから渚くんは、俺の好きな人を貶《おとし》めるようなことばっかり言うし」

「あ、あ……」

うなじにくちづけられて、たまらず首を竦《すく》める。

「そうやって、あることないこと数え上げて際限なく自分を貶められる渚くんは、ある意味Ｍなのかもしれませんね」

「なにを……」

「だったら、違う意味でM心を満たしてあげますよ」

スウェットのゴムをかいくぐって、横田の大きな手がためらいもなく下着の中に侵入《しんにゅう》してくる。

「やっ、そんな……あ……」

憧《あこが》れてやまない相手に、恥ずかしい場所を弄《いじ》られて、渚は半泣きになる。

「やぁ……っ」

「俺にこうされるのはイヤですか？」

硬く張りつめたものを指でなぞられると、たまらない感覚が背筋を這《は》う。

「やだ……や……」

「どうして？　俺のこと、好きって言ってくれましたよね？」

横田の声は、もう凶器だと思う。ときめきすぎて、身体の暴走を止められない。

「す……好きだから、やだ……」

「好きだとイヤなの？」

「……恥ずかしい……こんなふうになるの……」

ふっと耳元で横田がやわらかく笑う。その吐息にさえ、身体が熱くなる。

「本当にかわいいですね」

チュッと耳元にくちづけられて、指先を動かされると、もうひとたまりもなかった。じわり

ずかしい。

と滲《にじ》み出《だ》した潤《うる》みが横田の指を濡らし、扱《しご》かれるたびに濡れた音を立てるのが、たまらなく恥

「やだっ」

「俺の恋人になってくれますか?」

「……だって、俺なんて……」

「この期《ご》に及《およ》んで、まだそんなことを言ってるんですか? ＯＫしてくれるまで、やめてあげませんよ?」

ちょっとＳっ気のある声で言われ、心なしか強めの刺激を加えられて、ぶるっと身が震える。

「やっ、あっ……あ……、なる、恋人に、なります、してください!」

「ホント? 嬉しいな」

「だからっ、やめ……あ……」

「うん。これ以上のことはしないから、とりあえず、俺の手の中で渚くんがいくところだけ、見せて?」

普段の爽《さわ》やかなイメージとは違う、色っぽくて少しダークな声音で、耳元でせがむように言われ、巧《たく》みな指技で導かれると、こらえるすべもなくて、渚は甘い声を漏らしながら、横田の手の中で達してしまう。

「あ、あ、あっ……」

性経験がないのはもちろんのこと、自分でもめったにしない渚は、その激しい快感に耐えられずに、半泣きになり、達しきったあとはしばらく放心状態になってしまった。

呆然《ぼうぜん》としているうちに身じまいされ、ソファの上で横田に肩を抱かれていた。

きまり悪くてどこを見たらいいのかわからない渚に、横田がそっと声をかけてくる。

「怒りました？」

「じゃあ、嫌だった？」

渚は即座にふるふるとかぶりを振った。

今度は少し考えて、それからまた首を横に振る。

横田はほっとしたように笑みを浮かべた。

「よかった。これで渚くんは俺の恋人ですね」

「……信じられない。本当に俺なんかでいいんでしょうか」

まだ呆然としながら言うと、横田の声がクールになる。

「まだそんなドMなことを言ってるんですか？　俺の嗜虐心《しぎゃくしん》に火をつけようとしてる？　いくらでも受けて立ちますけど」

肩を抱く手にぐっと力が入り、渚は慌てて声を上ずらせた。

「と、とんでもない！　俺……俺ほど横田さんにふさわしい人間はいないと思います！」

とってつけたような棒読みで断言し、そのあと小声で付け加える。

「……って言えるように、これから努力します」

横田は面白そうに笑い出した。

「そんな無理しないでください」

それからそっと耳元で言う。

「俺は今の渚くんが好きですよ」

この人は、本気になればきっと声で人を殺せる。

思いがけない恋愛の成就《じょうじゅ》に戸惑《とまど》いながら、とりあえずはこの夢のような幸運が現実のことだと理解するために、こっそり自分の手の甲《こう》をつねってみる渚だった。

もっと、耳から恋に落ちていく

1

収録中の自宅キッチンには、今日も横田悠陽《よこたゆうひ》のいい声が響き渡っていた。

『秋の行楽シーズンということで、今週は、視聴者の皆様からリクエストが多かった、基本に立ち返るお弁当特集をお送りしています。最終日の本日は三色そぼろ弁……ちょっ、渚《なぎさ》先生、フライパン、まだ火がついてないですよ！』

冷たいフライパンにひき肉を投入した渚に、横田が焦《あせ》った声で注意を促《うなが》してくる。そんな少し動揺したふうな声音までかっこいいなと思いながら、渚は生真面目《きまじめ》な声で応じた。

「ご指摘ありがとうございます。確かに俺はやらかしがちなんですけど、今日はこれで大丈夫です」

『え、冷たいまま？　油もなしで？』

「はい。火をつける前に、調味料も全部入れてしまいます。醤油《しょうゆ》、酒、砂糖。醤油と酒は、肉百グラムに対して大匙《おおさじ》一ずつ。砂糖の量はお好みで。ここで肉と調味料を充分混ぜてから火をつけます」

『うちの母は、ひき肉を炒《いた》めてから味付けしてましたけど』

「もちろん、それでもＯＫです。最初に肉だけで炒めると食べごたえのある仕上がりになりますし、調味料と混ぜてから炒めるこの方法だと、細かい粒《つぶ》ぞろいのそぼろができるんです。そこはお好み次第で」

水っぽかったひき肉は、菜箸《さいばし》でかき混ぜるうちに火が入り、きめ細かなそぼろができ上がっていく。

『うわぁ、すごくきれいですね』

「次に卵そぼろを作ります。横田さんは卵は甘い派ですか？　しょっぱい派？」

『俺は断然甘い派です』

意外と甘党なのを知っている渚は、やっぱりねと、心の中でにこにこする。

「それでは卵一個に対して砂糖を小さじ一と、塩をひとつまみ」

『え、卵も、油なしの冷たいフライパンに？』

「そうです」

卵液を流し込んでから、火をつける。

「絶えずかき混ぜながら火を通していきます。こんなふうに菜箸を四本くらい束《たば》に握ってかき混ぜると、細かくきれいな卵そぼろが簡単にできますよ」

『金平糖《こんぺいとう》みたいですね。きれいだなぁ』

あらかじめ弁当箱に詰められた白いご飯の上に、肉そぼろと卵そぼろを彩《いろど》りよく配し、仕上げに薄い輪切りにして塩炒めにしたピーマンを散らす。

『これだけきれいにできるとテンションあがりますね！』

そう言ってくれる横田の声に、渚のテンションもあがる。

「オーソドックスなそぼろ弁当ですけど、作るのも簡単で楽しいので、ぜひ試してみてください」

『今週もおいしいレシピをありがとうございました！　ええと来週は』

横田がガサガサと台本をめくる音が、あえてマイクにのせられる。

『お、来週は㊙ゲストが登場とのことですよ。俺もまだ教えてもらってないんですけど、どなたでしょうか。楽しみですね。それでは、また来週！』

横田のナレーションに合わせて、いつまでたってもテレビ慣れしないぎこちない笑顔で、渚がカメラに向かって手を振る。

ディレクターのカットがかかって、スタジオの空気がふっと緩《ゆる》んだ。

お疲れ様でーす、とあちこちから声が飛び交い、ディレクターと雑談を交えた簡単な反省会を終えると、すぐに撮影《さつえい》機材の撤収《てっしゅう》や、片付けが始まる。

以前はこの時点でそそくさと自室に引っ込んでいた渚だが、最近は最後までスタッフと一緒に過ごすようにしている。

渚はあらかじめ多めに炊《た》いておいたごはんを、ずらりと並べたフードコンテナに詰め、今日の収録で作ったおかずを詰めていった。

はちみつダレをからめた鶏《とり》むね肉の唐揚《からあ》げ、彩り野菜のカポナータ、きのこを入れたミニハンバーグ。そしてご飯の上にはそぼろを彩りよく。

部屋の隅で電話をしていた横田が、明るい表情で渚の方に駆け寄ってきた。

「お疲れ様です！　うわぁ、こうやって詰めると、めちゃくちゃきれいですね！」

「ありがとうございます。横田さんの分も作ったので、もしよかったら次のお仕事の前に食べてください」

「やった！　実はこのあとの取材が、二時間ほど後ろにずれたので、ここで渚先生と一緒に食べていってもいいですか？」

嬉しそうに言われて、渚も嬉しくなる。

横田も片付けに参加してくれて、いつもより早く作業が終了した。さっき作った弁当の上に、冷凍庫で凍らせておいたぶどうゼリーのタッパーを保冷剤がわりに載せて包み、渚は遠慮《えんりょ》がちにスタッフに配った。

「今日もお世話になりました。これ、日付が変わるくらいまではもつので、よかったら食べてください」

スタッフは一様に喜んでくれて、ほっと胸をなでおろす。

コミュニケーション能力の低さは、渚にとってずっとコンプレックスだった。人間の性格というのは、持って生まれた目や髪の色と同じで、そう簡単に変えることはできないと思っていた。でも、考えてみればそれらだってコンタクトレンズやヘアカラーで変わったように見せることができるのだ。性格だって、根本から変えることは無理でも、努力で補うことはできるはず。

一緒にスタッフを見送りながら、横田はにこやかに言った。

「渚くん、最近スタッフさんとも仲良しですね」

「横田さんのおかげです」

「俺？」

「横田さんのお仕事に対する愛情とか感謝とかを見ていると、俺も少しでも近づけるようになりたいって思って」

「そんな、畏《おそ》れ多いですよ。俺はただ、好きなことを好きなようにやっているだけなのに」

横田は一片の疲れも見せず、にこやかに言うが、人気声優という仕事が想像以上にハードなのは、短い付き合いの中でもひしひしと伝わってくる。

声優としての基本的な仕事のほかにも、週末ごとのイベント出演や、ユニット活動などで、丸一日オフという日が滅多《めった》にない。働き方改革などとは無縁の世界に見える。

今日だって、海外のイベントから帰国した足で、収録に駆けつけてくれたのだ。

「疲れてないですか？　夜の収録まで二時間あるなら、俺の部屋で少し寝ていきませんか？」

多忙な横田の体調を心配して言うと、横田は意味深な笑みを浮かべる。

「それは魅力的なお誘いだな」

一拍置いてその笑みの意味を理解した渚は、赤面しながら顔の前で両手を振った。

「ちっ、違います！　全然そういう意味じゃないです！」

「うん、わかってます。変な妄想《もうそう》をしてすみません。お弁当、いただきますね」

苦笑いでそう言われると、完全否定してしまった自分に焦《あせ》りを覚える。

「いえ、俺の言い方がおかしかったから」

「俺が勝手に曲解しただけだから、気にしないでください」

「曲解だなんて。俺だって横田さんと……」

勢いこんで口走ったものの、渚は恥ずかしくなって語尾を濁《にご》した。

横田は笑いと優しさを含んだ色っぽい目で渚を見つめてくる。

「渚くんは本当にやさしいな。さっきも、俺の母親のそぼろを、否定しないでくれたでしょう？」

「否定もなにも、お母さんの作り方も正しいですから。料理は食感の好みとか、馴染んだ味付けとか、人それぞれなので、正解ってないと思うんです」

「でも、テレビの料理番組を見てると、料理人って絶対こうっていう頑《かたく》なな人が多いですよね」

「それはプロだから」

「渚くんだってプロでしょう」

「いや、俺は……」

プロなんていうのもおこがましいと言おうとしたが、そんな無責任発言は、こうして仕事としてかかわってくれている横田やスタッフに失礼だと思って言葉を飲み込むと、横田はすべてを見通したように、また笑う。

「かわいいなぁ、渚くんは。それにしてもこれ、おいしいですね」

朝から何も食べていなかったという横田は、ほれぼれするような勢いで弁当をきれいに平らげ、眠そうに目を細めた。

「お言葉に甘えて、少しだけ仮眠をとらせてもらってもいいですか？」

「ぜひ」

渚は横田を自室に通した。

照明やコンロの熱と、スタッフの活気で温度が上がっていた一階とは違って、室内はひんやりしていた。

「新しい毛布、出しますね」

クロゼットの方に歩き出そうとした途端、後ろから横田に抱きしめられた。

「わっ」

「渚くんも一緒に寝よう」

「え、あの……」

あわあわしているうちにベッドに引きずり込まれ、後ろからうなじにキスされる。

一気に心拍数があがり、渚は身を竦《すく》ませた。

「あの、横田さん、そんなことより仮眠を……身体を休めた方が……」

「仮眠よりこっちの方が、めっちゃ癒《いや》されるしパワー溜まるんだけど。……嫌ですか？」

ハグする力を少し緩めて、横田が耳元で訊《たず》ねてくる。

「嫌だなんて、まさか……」

全身が赤ウインナーみたいに真っ赤になるのを意識しながら、渚はもごもご言った。

大好きな相手にこんなふうに触れられて、嫌なわけがない。心臓がドキドキして、身体中がそわそわして、幸福すぎて天にも昇る気持ちだった。

「じゃあ、ちょっとだけ」

横田は渚の首筋や耳の後ろにキスの雨を降らせながら、やさしい手つきで渚の身体に手を這《は》わせてくる。

「……っ」

胸元やわき腹を上下していた手は、やがて太ももに下り、そこをしばらくさまよったあと、足の付け根にのびてきた。

「あ……」

ボトムスごしに、渚のものにそっと触れた横田は、嬉しげにふっと笑う。

「よかった、渚くんもその気になってくれていて」

ファスナーをおろされると、もう上限だと思っていた体温がさらにあがったような気がした。

横田とは、何度かこんなことをしているが、幸福感と同じくらいの、あるいはそれを上回る恥ずかしさのようなものを、毎回感じてしまう。

初めての恋人とのスキンシップでは、誰でもこんな気持ちになるものなのだろうか。それとも、自分が特殊《とくしゅ》なのだろうか。

いや、特殊なのは自分ではなく、横田のかっこよさと美声の方だ。

横田にこんなことをされて、動揺しない人間などいるはずがない。

プライベートの横田の声は、レッド隊員の声質とまったく一緒というわけではない。渚にはよくわからないが、多分、仕事用の発声と、普段の会話の発声とは別物なのだろう。

それでも、美声は美声であり、耳元に注がれる吐息《といき》すらイケボなのだ。

「渚くん、今日もおいしそうないい匂《にお》いがする」

うなじに鼻先を埋《うず》めながら、横田の指が渚のものを煽《あお》ってくる。

「あ……待って、そんなにしたら……」

「うん、ここ？」

「……っ、や……」

「渚くん、かわいい」

湿った声で煽られて、渚はいくらももたずに横田の手の中で弾《はじ》けてしまう。

「……、ごめんなさい、また俺一人で……」

羞恥《しゅうち》にあぶられて両手で顔を覆《おお》っていると、仰向《あおむ》けに返され、手をはがされた。横田が瞼《まぶた》にやさしくキスしてくる。

「どうして謝るの？　渚くんが感じてくれると、すごく嬉しい」

横田はあやすようなキスをしながら、さりげなく後ろに指を這わせてくる。

「もうちょっと触ってもいいですか？」

間近に見つめられながら、甘い声で囁かれると、渚の心拍数はますます上昇する。

こういうとき、人は本能に身を任せて、恋人とのめくるめく行為にごく自然に没頭《ぼっとう》できるようにできているのだと思っていた。

しかし渚の中では、圧倒的に理性が本能に勝ってしまう。いや、あるいはこれはこれである種の本能なのだろうか？

顔も知らない頃から憧《あこが》れていた声の主《ぬし》。親しくなってからは、想像以上に素敵な相手だと知り、そこからまさかの両想い。

夢でも見ているのではないかと思いながら、ひと月が過ぎた。

ひと月経《た》っても、こういうときの緊張感はまったく和《やわ》らがない。

「渚くん、顔、真っ赤だけど大丈夫？」

控《ひか》えめに後ろを探りながら、横田が訊ねてくる。

うわ、ヤバい。かっこよすぎるし、いい声だし……。

こんな完璧《かんぺき》な男に、あらぬ場所をいじられているのだと意識したとたん、心臓が壊れたように拍動を速め、つられて呼吸も早くなって、渚は過呼吸の発作を起こしそうになる。

「まっ、待って……っ、はっ、はぁ、はぁ……」

すぐに横田は渚の異変に気付き、身を起こした。

「渚くん？　やっぱりダメそう？　水、持ってこようか？」

「だい……だいじょうぶ、です……」

「とりあえず深呼吸して」

渚はベッドの上に起き上がって、ゆっくりと深呼吸をした。

徐々に息苦しさは治まってくる。

「落ち着いた？」

「はい……。すみません、また……」

渚がことの最中に過呼吸発作を起こしたのは、今回が初めてではない。先週も、スキンシップの最中に、同じような状態になってしまった。

おかげで、まだ最後まではできずにいる。

「すみません……」

なんともいたたまれない気持ちで詫《わ》びると、横田は隣に座って、肩に手を回してきた。性的な接触ではなく、癒すような穏やかな触れ方だった。

「気にしないで。渚くんが極度の恥ずかしがり屋で、こういうことに不慣れなのはわかってるから。焦らずゆっくりいきましょう」

尚《なお》も謝ろうとする渚を、横田は再びベッドに横たえ、添い寝の体勢で傍《かたわ》らに寝そべった。

「最初の提案通り、ちょっとだけ仮眠をとらせてください。手をつなぐだけなら平気？」

横田が差し出してきた手を、渚はそっと握り返した。

「こうしているだけで、俺は充分幸せですよ」

やさしく微笑《ほほえ》んで、横田は目を閉じた。

なんていい人なのだろうと、改めて感動に打ち震える。それと同時に、横田の勘違いを正すべきかどうか悩む。

横田は、渚が奥手で、行為そのものに羞恥を覚えていると思っているようだ。それもあながち間違いではないのだが、正確には少し違う。たとえば、まったく特別な感情を抱《いだ》いていない見知らぬ他人と、なにかの事情でそういうことをしなければならなくなったとしたら、意外とできてしまうのではないかと思う。

渚が横田と身体を重ねるときに感じる羞恥は、ただの恥ずかしさとは違う気がする。自分でもうまく表現できないのだが、声に恋をして、一方的に想いを募《つの》らせていた憧れの相手とそういうことをするというのが、なんともそわそわするのだ。

「なんていい声なんだろう」と、片想いの頃からうっとりしていたその声に、耳元で囁かれると、破壊力がありすぎて、一気に心拍数があがって失神しそうになってしまう。

渚だって恋人と最後まで愛し合いたい気持ちはある。でも、生々《なまなま》しい行為に及《およ》ぶには、相手の存在があまりにも神すぎた。

こんな態度を続けていたら、愛想をつかされたりしないだろうか。

早く平常心で接することができるように、努力しないと。

渚は傍らの横田をそっと盗み見た。目を閉じていても一分の隙もない端整な顔だ。寝息さえ耳に心地いい。間接照明が、まつ毛の陰影を浮かび上がらせる。

やや肉厚で男らしい唇が、さっき自分のうなじに触れてきた感触を思い出すと、また心拍数が上昇し始める。

平常心平常心平常心。

渚は深呼吸を繰り返した。

眠ってしまったのかと思っていた横田が、ふっと微笑んで薄目を開ける。

「大丈夫、そんなに緊張しなくても、もう今日は何もしませんよ」

つないだ手を軽く揺すって、やさしく言う。

「今日のお弁当、すごくおいしかったから、また今度、手取り足取り教えてください」

「よ、よろこんで！」

勢い込んで言うと、横田はくすくす笑った。

「居酒屋さんみたいですね」

横田は笑顔のまま、再び目を閉じる。

本当になんていい人なんだろうと、繰り返し感動する。

やさしくて、大らかで、楽しくて。

およそ欠点などなさそうな横田と、欠点しかない気がする自分がこうして交際しているのは、奇跡以外のなにものでもない。

つりあいが取れる人間になりたいというのは、高望みすぎるかもしれないが、せめて少しでも近づけるように、自分も頑張りたいと、心から思う渚だった。

2

「俺は、きみを守るために生まれてきたんだ」

ステージ上の横田《よこた》の決め台詞《ゼリフ》に、会場の女性ファンから一斉《いっせい》に歓声があがった。

『モエルンジャー』ファンミーティングは、大変な盛り上がりだった。

横田から招待券をもらったときには、嬉しさと同じくらい尻込《しりご》みする気持ちもあった。なにも知らずに足を運んでしまったykmのライブの衝撃は、渚《なぎさ》の中で尾を引いていた。横田があんなにたくさんの熱狂的ファンを持つ存在だということを初めて思い知らされ、熱にあてられて、しばらくは平常心に戻れなかった。

今回もまた心をかき乱されるのではないかと不安になったが、大好きな作品のファンミーティングということで、レッド隊員ファンとして、見てみたいという誘惑に負けた。

アニメのイベントを観覧するのは生まれて初めてだったが、先日のライブと比べると会場の規模もこぢんまりとして、落ち着いた雰囲気《ふんいき》だった。観客も男女半々で、なんとなくほっとした。

横田が喋《しゃべ》ると女性ファンが沸《わ》き、女性キャストたちが喋ると男性ファンから野太い声援がおくられる。そして四ノ宮七瀬《しのみやななせ》が喋ると男女双方《そうほう》から歓声と笑いが巻き起こる。

朗読劇やゲームなど、イベント内容はバラエティに富んだ楽しい構成だった。

同じ作品の出演者とファンという絆《きずな》で結ばれた空間は、和気藹々《あいあい》とした一体感に包まれて、思った以上に楽しかった。

イベントのあと、横田たちに飲み会に誘われていた。横田から連絡が入るまで、外のカフェで時間をつぶすことになっていたが、幕が下りるとともに、特典お渡し会なるもののアナウンスが流れた。

登壇《とうだん》した五人のうちで、好きなキャストからキーホルダーを手渡しでもらえるらしい。

周囲の観客たちには周知のことだったらしい。みんなそれを楽しみに参加しているようで、チケットを入手できたのは奇跡だったとか、友達は全滅だったなどと囁き合うのが聞こえてきて、招待で観覧させてもらったことが申し訳なくなる。

観客の流れにのってホールから出ると、すでにキャストたちがスタンバイしていて、五つの列ができており、最後尾にスタッフが誰の列かわかるように看板を掲《かか》げている。

渚は逡巡《しゅんじゅん》ののち、四ノ宮の列に並んだ。横田の列に並ぶのは、公私混同のようで後ろめたかった。

列が進むにつれ、四ノ宮の隣の横田が笑顔でファンにサービスをしているのが見えてきた。

横田の列は圧倒的に女性が多く、みんな感極まって声が高くなっているため、やりとりがよく聞こえてくる。

「悠陽《ゆうひ》くん、声だけじゃなくて顔も国宝級です！」

「今日のイベント当てるために円盤《えんばん》十枚買いました！」

「モエルンジャーの決め台詞を生《なま》で聴けて、寿命が百年延びました！」

中には言葉にならずに泣き出す女性もいる。

横田はその一人一人と目を合わせながら、照れ笑いを浮かべたり、感謝を伝えたり、涙をふくティッシュを渡してあげたりと、その瞬間はその一人のためだという誠実さがにじみ出る対応をしている。

渚の番がくると、四ノ宮が満面の笑みで迎えてくれた。

「渚先生！　僕のところに並んでくれるなんて、めっちゃ嬉しい！」

四ノ宮がハグしてきて、周りからはどよめきと笑いが起こる。

「あれって、森澤《もりさわ》渚じゃない？」

「この前、しのみーが一緒にご飯食べたってツイートしてたよね」

「ほら、深夜に横田くんとお料理番組やってるから、その繋《つな》がりじゃない？」

聞こえてくるざわめきに動揺しつつも、こういうときは男でよかったなと思う。仕事の縁で友達づきあいしているのだと、自然に思ってもらえるのはありがたかった。

「このあと飲むの、楽しみにしてます」

四ノ宮が笑顔で囁《ささや》いてくる。

「お仕事終わるまで、カフェで待ってますね」

渚も囁き返して、手渡されたアクリルのキーホルダーを持って、その場を離れる。笑顔でファンサービスしていた横田も、ちらりとアイコンタクトをくれた。横田はプライベートでも素敵だが、仕事のときのかっこよさはなおさらだった。

黒ジャケットの衣装は、横田の魅力をより引き立たせている。プライベートよりも張り気味の声は、背筋がぞくぞくするほどかっこいい。

ルックスも含め、その声と芸を仕事にしている男の華《はな》やかなカリスマ性が、周囲の空気の色さえ変えている気がする。

そんな男が自分の恋人だということに、誇《ほこ》らしさよりも気後れを覚える。どう考えても不釣り合いじゃないか?

振り返ると、横田がファンと笑顔で握手している姿が目に入った。女の子は、感激のあまり目元を押さえている。

ファンとして、その気持ちはわかる。そして、ほかにもいろいろな気持ちが頭の中をぐるぐる回る。

自分なんかよりずっと前からファンだった彼女たちに、とても申し訳ない気持ちにもなる。

固まったままじっと見つめていたら、横田が渚の視線に気付いたのか、こちらを向いた。次のファンへと入れ替わる一瞬の隙に、横田はウインクを送ってくれた。

渚は失神しそうになった。

やばいやばいやばい。恋人が完璧《かんぺき》すぎて、生命の危機を覚える。

もっと普通の相手だったらよかったのにと思いかけ、いやいやと思い直す。横田が横田だったからこそ、惹《ひ》かれたのだし、出会えたのだ。

心臓のバクバクを宥《なだ》めながら、渚はそそくさと会場をあとにした。


「相変わらずの散らかりようだな」

横田の部屋に足を踏み入れるなり、四ノ宮が呆《あき》れ顔《がお》で言った。

「でも前よりましじゃないか?」

向井《むかい》が言うと、

「だよな。辛《かろ》うじて床が見えてるし」

海崎《かいざき》がメガネの奥の目を細めて笑う。

イベント後の飲みを、まさか横田の家でやるとは思わなかった。しかも、タクシーで横田の部屋に着くと、部屋の前では向井修平《しゅうへい》と海崎賢介《けんすけ》がコンビニ袋を提《さ》げて待っていたので驚い

た。

面識のある相手とはいえ、声優仲間を集めての飲み会なら、部外者の自分は遠慮《えんりょ》した方がよかったのではないか……などと思っている間に、横田が折りたたみの小テーブルを広げ、コンビニで買ったつまみやビールなどが並べられる。

「渚先生も座って」

声をかけられつつも戸惑っていると、海崎が横田をどついた。

「ほら、こんな汚いところに座れないって、渚先生が引いてるぞ」

「いえ、そんな……」

渚は否定しようとしたが、向井も乗っかってくる。

「インテリアの本も出してる渚先生をこんな部屋に呼ぶなんて、犯罪だぞ」

「僕も前に言った、それ」

四ノ宮までもがそちら側についたので、渚は慌ててフォローに回った。

「そんなことないです！　横田さんの部屋はなんだかほっとするし、見た目も声も性格もすべてが完璧な横田さんに、片付けが苦手っていうチャーミングな面があると思うと、親しみが持てるというか、余計に魅力が増す気がします」

一瞬場がしんとなった。

あれ、もしかしてマジレスしちゃいけないところだった？

昔から変に生真面目《きまじめ》で、浮きがちなところがある渚は、やらかしたかと焦《あせ》る。

しかし一瞬後、三人は噴き出した。

「いきなりノロケかよ」

四ノ宮のツッコミに一緒になって笑おうとして、渚は「え」と我に返った。

ノロケ？　ノロケって……？

状況が理解できずにさまよわせた視線が横田と合う。横田は「てへ」という擬音《ぎおん》がつきそうないたずらっぽい笑みを浮かべた。

プシュッと缶ビールを開ける音がして、四ノ宮が缶を差し出してきた。

「ではでは、悠陽と渚先生のカップル成立をお祝いして」

「カンパーイ！」

「おめでとうございまーす！」

三人から口々に祝福されて、渚は激しく動揺した。

「え……あの、まさか……」

横田が「ごめん」と両手を合わせてくる。

「つい嬉しくて、親しい面子《メンツ》にだけ打ち明けたら、ぜひ祝わせてって言ってくれて」

だから外での飲み会ではなく、横田の部屋でということになったのか。

「でも……あの……」

「信頼の置けるメンバーなので、口外したりして渚くんの迷惑になるようなことは絶対ないから、そこは安心してください」

横田が生真面目な顔で請け合《あ》ってくれたが、そんなことはまったく心配していない。正直、渚の方は自分の性指向が露呈《ろてい》しても、仕事にも生活にもさして問題はないと思う。想像するに、両親もあまりそういうことを気にしないだろう。

むしろ、人気商売の横田の方がそこは問題なはずだ。

「いえ、あの、すみません、俺なんかで……」

誰にともなく、謝ってしまう。ファンの皆さん、ごめんなさい。お友達の皆さんも。横田さんの恋人がよりにもよって俺なんかで……と。

「なんかって、なんですか」

横田が窘《たしな》めるように言うと、三人が頷いた。

「悠陽の小姑《こじゅうと》ポジの僕としては、渚先生なら一切文句がないっていうか、大歓迎っていうか、むしろこんな、片付けられない男でごめんね？　って感じで」

と四ノ宮が茶化すと、海崎も、

「ホントホント。美人でやさしい料理研究家の恋人、めっちゃ羨《うらや》ましいっす！」

などとからかってくる。

渚は混乱したまま、おどおどと言った。

「あの、俺が男だってことは、気には……？」

「そうですね、まさか悠陽がそうくるとは思わなかったから、最初に打ち明けられたときはちょっとびっくりしましたけど」

向井が笑いながら言う。

「でも、役者仲間とか、スタイリストさんとか、仕事関係の知り合いって結構いろんな性指向の人がいるから、抵抗とかはまるでないです」

「だよな。実際俺たちだって、ネットではカップル疑惑あるしな」

海崎が言うと「そうそうそう」と向井が笑う。

「ほら、ｙｚｍで一緒に活動すること多いし、前にＢＬのボイスドラマで恋人役やったことあって、そっから、本物じゃないかってすごい書かれるようになって」

「……そういう誤解、嫌じゃないですか？」

「むしろ、そんな誤解されるくらいうまく演じられたのかと思うと、光栄ですよ」

「だよな？　でも実際につきあうとしたら、修平より俺も渚先生派だな」

すでに酔《よ》っているのか、海崎が隣の渚の肩にポンポンと触れてくる。

「渚先生のニット、超手触りいいですね。しかもいい匂い」

「これは……」

通販で取り寄せている柔軟剤の銘柄《めいがら》を教えようとしたら、横田が反対隣から渚の肩を引き戻した。

「触るなよ」

よく通る低音で海崎に牽制《けんせい》するその声に、渚の心臓はまたバクバクいいだす。

「なんだよ、彼氏気取りかよ」

「いや、彼氏だから」

そんなやりとりに笑いが起こり、渚もドキドキと汗をかきながらも、つられて笑う。

「渚先生大丈夫？　慣れないイベントに参加したり、いきなりこんな集まりに翻弄《ほんろう》されたりして、疲れ果ててない？」

四ノ宮の気遣《きづか》いに感謝しながら、渚はここぞとばかりに、気恥ずかしい話題を逸《そ》らしにかかった。

「いえ、そういえばイベント、すごく楽しかったです！　まわりの人たち全員、モエルンジャーのファンで、不思議な一体感があって、キャストの皆さんのおしゃべりがなにからなにまで楽しくて」

「ホントですか？」

「はい。朗読劇のところなんて、感動で鳥肌《とりはだ》が立って泣きそうになったし、誰が世界をマモルンジャーゲームは、もうおかしすぎて、あんなに笑ったのは生まれて初めてです」

渚が前のめりになって語ると、また場が一瞬しんとする。

なにかおかしなことを言ってしまったのかとオロオロしていると、四ノ宮が両手で顔を覆《おお》って泣きまねを始めた。

「めっちゃ嬉しいなー。楽しんでくれてる人の言葉って、俺たちにとっては何よりの栄養剤ですよ。渚先生、ありがとう！」

「そんな。楽しい時間を過ごさせてもらって、お礼を言うのはこっちなのに」

「いやいや、大事な気持ちを思い出させてくれた渚先生に、心から感謝です」

四ノ宮と渚のやりとりに、「ホントそうですよねー」と向井がしみじみ頷いた。

「常《つね》に全力で仕事させてもらってるつもりだけど、やっぱりどうしても、忙しいときはイベントとかもこなしてる感出ちゃって」

「だよなぁ。演じる側にとっては、たくさんの仕事の中のひとつでも、お客さんにとっては大切なたった一つの作品だってことを、今の渚先生の顔見てたら思い出しました」

海崎も神妙な顔で頷く。

「一期一会《いちごいちえ》ってやつですよね。……って悠陽、なんでニヤニヤしてるんだよ」

四ノ宮のツッコミに、横田が声を出して笑う。

「いや、俺の渚くんが、みんなのやる気を喚起《かんき》しているさまに感動して」

「なにしれっと『俺の』とかつけてるんだよ」

「事実だし」

「のろけすぎかよ」

四ノ宮にぺしっと腿《もも》を叩かれて痛がる横田に、海崎と向井が爆笑する。

「悠陽とは長いつきあいだけど、こんなデレデレした顔、初めて見るな。ホントに渚先生のこと大好きなんだな」

「もちろん」

横田が渚の方を見て、平然と言う。渚は顔が火を吹きそうに熱くなるのを感じた。

海崎と向井は床に倒れ込んでジタバタし始めた。

「リア充の甘さにあてられて失神しそう」

「くそぉ～、甘すぎて甘いもの食べたくなってきたぞ」

「あ、なにか作りましょうか？」

気恥ずかしくていたたまれない気持ちになっていた渚は、さっと席を立った。

「いやいや、冗談ですから！」

引き留められたものの、恥ずかしさもあるし、実際つまみがしょっぱいものばかりで、なんとなく甘いものが欲しい感覚は渚にもわかった。

「冷蔵庫、開けても大丈夫ですか？」

横田に確認すると、苦笑いが返ってくる。

「全然大丈夫ですけど、めぼしいものは何もないですよ」

確かに冷蔵庫の中は、この前渚が来たときに買った卵の残りが三個と、牛乳とビールしかなかった。キッチンカウンターの上には、バナナが二本。

「これ、使ってもいいですか？」

渚がバナナを手に取ると、四ノ宮が身軽に立ち上がって寄ってきた。

「渚先生の生クッキング、そばで見ててもいいですか？」

「クッキングっていうほどのことじゃなくて恥ずかしいんですけど、この材料なら焼きプリンが作れるなって」

プリン！　と室内がどよめく。渚の経験上、プリンは意外と男子人気が高い。

「プリン、僕も覚えたいです。うちの奥さんの大好物なので」

「すごく簡単ですよ。卵一個に牛乳１５０ｃｃの割合で混ぜて、砂糖は……」

「悠陽、砂糖どこ？」

「あ、ごめん、置いてない。どこかでもらったスティックシュガーが何本かあったかもだけど」

「足りないっつの。コンビニまで今すぐパシって！」

「あ、大丈夫です。今日はバナナがあるので、砂糖は少なめで大丈夫です」

この前横田と一緒にドリアを作るために買った大きなグラタン皿に、卵三個を使った卵液を流し入れ、輪切りにしたバナナを並べていく。

「これで、オーブントースターで適当に焼けばＯＫです」

「適当ってどれくらいですか?」

「十五分くらい焼いて、真ん中にスプーンをそっと差し込んでみてください。固まっていたら出来上がりです」

「そんなに簡単? しかも砂糖あんな少しで?」

四ノ宮は不安げな顔をしたが、しばし雑談しながら、テーブルの上を片付けたりしているうちに、部屋の中には甘い香りが漂《ただよ》い始《はじ》めた。

「すごいいい匂い」

「この匂いのルームスプレーがあったら欲しいな」

海崎と向井が色めき立つ。

みんなでワイワイしていると、二十分はあっという間だった。出来上がったプリンを、ざっくりと五等分して、器に盛りつける。横田の部屋は食器の数が少なく、飯碗《めしわん》やお椀《わん》まで動員することになり、どの器を取るかでひとしきりジャンケン合戦が繰り広げられた。まるでさっきのイベントの続きのような活気あふれる戦いに、渚は思わず笑ってしまった。

ようやく器の配分が決まり、そろってプリンを口に運ぶ。食べた途端、なぜか全員が床に転がった。なにか危険な成分でも混ざっていたのかと青ざめた渚だが、すぐに全員が顔を起こす。

「うっま!」

「なにこれ、すっげえおいしい」

「どんぶり一杯食べたい！」

「バナナがとろっと甘くて、砂糖なしでも全然ＯＫですね！」

「っていうか、全員転がるとか、リアクションかぶりひどすぎだろ」

「そういう四ノ宮も転がったじゃないかよ」

「だっておいしすぎなんだもん」

さすがにみんな役者だけあって、リアクションがいちいち芝居がかっているが、おいしいと言ってもらえるのは、とても嬉しかった。

「ありがとうございます」

はにかみながら礼を言うと、「こっちがありがとうですよ」と口々に返してくれる。

「いえ、さっきの皆さんのお話と同じで、料理も一期一会だなって。おいしいって言っていただけるとすごく嬉しいし、甘さ控《ひか》えめバージョンも結構ありだなって確信が持てたので、今度番組でやってみます」

「じゃあ、番組で先生がこれ披露《ひろう》したら、僕たちは一足先にご馳走《ちそう》になった優越感にひたることにしますね」

四ノ宮がにこにこ言って、「隙あり！」と横田のプリンを一口攫《さら》い、また愉快な小競《こぜ》り合《あ》いが勃発《ぼっぱつ》する。

日付が変わる頃、四ノ宮と海崎と向井はタクシーに乗り合わせて帰って行った。

渚が後片付けをしようとすると、横田に止められた。

「そんなの、俺がやるから」

「横田さん、イベントで疲れてるでしょう？　ゆっくりシャワーでも浴びてきてください」

「全然平気。渚くんのプリンで元気チャージ満タンです」

後半は、レッド隊員を彷彿《ほうふつ》させる声で、芝居がかってポーズを決める。

賑《にぎ》やかな空気から急に二人きりになったのと、そのいい声のせいで、渚はまたドキドキしはじめる。

「渚くん、今日はお泊まりＯＫなんですよね？」

「あ、両親にはそう言ってあります」

答えてから、まるで箱入りの未成年女子みたいな答えだったと焦る。

「同居なので、スケジュールを共有し合っているというだけで、別に泊まりに親の許可が必要とかそういうことではなくて……いや、でも自立してないって思われても仕方ないんですけど……」

両親は渚に非常に甘いが、過干渉《かかんしょう》なわけではなく、行動に口出しすることは一切ない。それでも、渚は最初の勤め先を辞めて、一時期実家に引きこもっていた経緯もあり、自立していない自分に気後れがあって、つい言い訳めいてしまう。

空《あ》き缶《かん》を片付けていた横田は、手をとめて、ふっと笑って渚を見つめてきた。

「渚くんの実家暮らし、素敵だと思いますよ。『実家男子のていねい暮らし』を見ても、ご家族で役割とか楽しみをシェアしてる感じがすごくいいなって思いました」

自分で命名したわけではないその本を引き合いに出されると、恥ずかしくて変な汗が出てくる。

「……ありがとうございます」

「友達にも何人か実家暮らしがいるけど、一人暮らししたら自立してて、実家にいると自立できてないとか、そんな違いは全然ないですよ。逆に家族と暮らしてる人たちの方が、気遣いが細やかで大人だなって思ったりする場面もあるし。渚くんの場合、実家が仕事場でもあるんだから、もっと胸を張っていいと思いますよ」

横田は本当にいい人だと、しみじみ思う。なんでもポジティブにとらえて、渚を肯定してくれる。

最近、色々と情報が欲しくて、おそるおそる横田のことをネットで検索《けんさく》したりしているのだが、改めて横田がどれほどの人気で、どれほどのファンがいるかを知って、自分はなんていう相手とつきあっているのだと、畏《おそ》れ多く思う。

今日のイベントでも、横田は多くのファンの熱い視線を受けて、まさに王子様といった雰囲気だった。

あれほどの人気者でありながら、一切おごることのない人柄《ひとがら》の良さ。

身分不相応な恋だなと、ことあるごとに思ってしまう。

ぼうっとしていると、肩に横田の手が置かれた。

「渚くんこそ、お疲れじゃないですか？　一緒にシャワーを浴びて、もう寝ましょうか」

低く甘い声で誘われ、またさらに心拍数があがる。

恋人の家に泊まるというのは、つまり、またまたそういう展開があるということで、もしかしたら今日こそは最後まで……。

横田とつきあえていることが夢のようで、横田のすべてを欲しいと思っているのも事実で。しかし、こうして二人きりで、いい声で囁かれると、渚はまた過呼吸に陥《おちい》りそうになる。

恋人がかっこよすぎて、ドキドキしすぎてことに至れないというのは、よくある症例なのだろうか。それとも自分がまれな人間なのか。

抱き寄せられた肩が小刻みに上下するほどの緊張と息切れは、すぐに横田に悟られてしまう。

横田は苦笑しながら、肩を抱く手をそっと緩《ゆる》めた。

「そんなに緊張しないでください。大丈夫、渚くんが怖がるようなことはしませんよ。そうだ、モエルンジャーのドラマＣＤの完パケをもらったので、ちょっと恥ずかしいけど一緒に聴きながら寝ませんか？」

「あ、ぜひ！」

結局、別々にシャワーを浴びたあと、横田のベッドに並んで寝ながら、ＣＤを聴いた。

レッド隊員のイケボにドキドキしながら、隣に実在している声の主をこっそり目の端で眺め、ジェントルマンとは横田のような人のことを言うのだろうとしみじみ思う。

完璧なルックスと人柄《ひとがら》。

がっついたところのない大らかな愛情。

こんなすごい人と自分が、どうしてこんなことに……。

もはや一時間に一度のペースでそんなことばかり考えてしまう。

以前なら、不釣り合いな自分は身を引いた方がいいのではないかと思ってしまっていただろう。

だが、ポジティブな横田の感化を受けて、渚も以前に比べると前向きな気持ちを持ち始めていた。

不釣り合いだと思うなら、少しでも釣り合う努力をしよう。

今できることは、仕事を頑張ることだ。横田がたくさんの人を楽しませ、幸せにしているように、自分も今の仕事で、少しでも多くの人に喜んでもらえる人間になりたい。なりゆきで流されて始めた仕事だけれど、今はもう、そんな言い訳はしない。発端はどうあれ、自分で選んで自分のために、この仕事で頑張っていきたい。

そんなふうに思わせてくれたのは横田だ。

ドラマＣＤが終盤に差し掛かると、これが終わったら、もしかして……と緊張が襲ってきたが、横田は渚とつないだ手をやさしく揺らして「おやすみなさい」とあかりをしぼった。

渚の緊張を慮《おもんぱか》ってくれる横田のやさしさに、また想いが強くなる。

仕事はもちろんだが、そっち方面でも、横田と釣り合いが取れるようになりたい。そうならなければと、自分に言い聞かせながら、渚は浅い眠りに落ちていった。

3

『本日は特別ゲストをお迎えしております。人気料理研究家の、飯島良太《いいじまりょうた》先生です』

天の声、横田《よこた》の紹介を受け、飯島はカメラに向かってにこやかに両手を振った。

「どうも！　似非《えせ》イクメン疑惑真っただ中の、飯島良太です！」

あっけらかんとした物言いに、スタッフの間からくすくすと笑い声が起こる。

同じイケメンでも、飯島は横田とは対照的に線の細い美人顔で、笑顔が人懐っこい。

不倫疑惑騒動にさりげなく触れるという流れは事前に打ち合わせ済みだったが、飯島が冒頭からぶち込んできたので、渚は焦《あせ》ってリアクションに窮《きゅう》する。

すぐに横田が助け舟を出してくれた。

『色々と話題の飯島先生、俺は今日初めてお会いしたんですけど、渚《なぎさ》先生は昔からのお知り合いだそうですね』

「そうなんです。母親同士が旧知で……」

「渚先生、ちっちゃい頃からかわいかったんですよ。テントウムシを頭にのっけたら、泣いちゃって」

幼い頃の話を持ち出され、渚はたじたじとなる。

飯島の手にかかると、まるでものすごく親密な幼馴染みのような印象を与えるが、実際のところは親がらみでしか行き来はなかった。まあ親繋《つな》がりで飯島の結婚式にも呼ばれたりしているが。

㊙ゲストが飯島だと知ったときには、そもそもは飯島の番組のはずだったのだから、これを機にキャストが交代になるのかと思った。しかしあくまでゲストということらしい。

不倫疑惑で仕事が激減した飯島を見兼ねて、飯島の母親が渚の母親とプロデューサーに泣きついてきたとのことで、急遽《きゅうきょ》ゲスト枠《わく》での出演が決まったらしい。

疑惑報道で落ち込んでいるかと心配したが、昨日の打ち合わせで顔を合わせたときから、飯島は元気いっぱいだった。横田とは今日初めての顔合わせだが、横田すらたじろぐほどのハイテンションだった。

『今週は、秋のおもてなしティータイムをテーマにお送りします。それでは、先生方、よろしくお願いします』

初日は二人でアップルパイを作ることになっている。いつもは渚の料理進行に、横田がうまい具合に説明やツッコミを入れてくれるのだが、今日は飯島が生き生きと喋《しゃべ》り出《だ》す。

「久々のテレビでテンションあがるなぁ。あ、ワイドショー以外でね？」

次々自虐《じぎゃく》を繰り出してくる飯島に、これってどれくらい拾っていいのだろうかと渚が目を泳がせていると、天の声が割って入ってくれる。

『えーと飯島先生、台本に、例の騒動に関して軽くつっこむようにと書いてあるんですけど、よろしいでしょうか?』

「もうどこからでもどうぞ!」

『ずばり、報道は事実なんですか?』

「うわ、めっちゃずばりと来ましたね!」

大仰《おおぎょう》にのけぞる飯島に、スタッフからまた笑いが起こる。

「こちらもずばりお答えしますが、ノーです。僕と奥さんはすっごい仲良しなんですよ。ご存知のように、うちは奥さんもフードスタイリストなので、仕事に関する相談も、いつも奥さんにもちかけるくらい、頼もしい存在で」

飯島の妻は、以前、渚の母親の番組のアシスタントをしてくれたこともあり、渚も知っている。飯島の言う通り、はきはきとして頼もしい女性だ。

「その奥さんがね、今、育児がすごく大変な時期で、仕事の相談をしても『あなたは好きな仕事ができていいわね』ってちょっと恨《うら》みがましく言われちゃって。なんか仕事の話をするのが申し訳なくなっちゃって、それで、共演のアナウンサーさんに仕事の愚痴《ぐち》を聞いてもらってたら、それを週刊誌に撮《と》られちゃったんです」

『なるほど、断じて不倫ではない、と』

「もちろん！　やましいことは一切ないです」

横田が抑揚《よくよう》のない合いの手を入れる。

『でも、今の一連のお話を聞いていると、奥様に責任転嫁《てんか》してるみたいで、却《かえ》って好感度が下がってしまうんじゃないかと心配です』

横田が思いのほかきつい言い方をするので、渚は驚いた。渚自身は料理の段取り以外の台本をもらっていないからわからないのだが、横田の発言は台本通りなのだろうか？

「えー！　やめてくださいよ、天の声さん！　僕は奥さんを心から愛してるんです！」

『でも、噂《うわさ》の女性の肩に手を回した写真も拝見しましたよ？』

「あれ、ぜひアップにしてよく見てくださいよ。彼女の肩が居酒屋の看板にぶつかりそうになったので、危ないから、こうガードしただけなんです」

こう、と渚の肩に手をのばしてくる。

「これ、こうしたら不倫ですか？」

肩に手を置かれて、渚は安全のためリンゴを剝《む》いていた手を止める。

『……渚先生は男性だから、また話が違いますけど』

「いや、違わないでしょう？　ワンチャン、渚先生だったら、不倫できるかも」

いきなり抱き寄せられて、渚が「わっ」と声をあげると、スタッフから爆笑が巻き起こる。

『渚先生がビビっているので、とりあえず手を離していただいていいでしょうか。つまり、もはややぶれかぶれで、不倫を認めるってことでいいですか？』

「いいわけないでしょ！　天の声さんのツッコミが激しすぎて、どんどんドツボにはまっていくじゃないですか！　好感度アップを目論《もくろ》んで、親のコネを使って無理矢理ゲスト出演お願いしたのに、僕、大怪我ですよ！」

飯島の芝居がかった自虐に、大爆笑が巻き起こる。

なるほど、と渚は感心した。あえて疑惑をいじりまわすことにより、笑いに持って行って、もはや白だろうが黒だろうが、詰めが甘くて憎《にく》めない飯島のかわいさを引き出していくという手法らしい。

台本もうまいし、横田のちょっと意地悪な声音でのツッコミも秀逸《しゅういつ》だった。いい具合に飯島への同情を煽《あお》る。

素晴らしい仕事ぶりに感銘《かんめい》を受け、渚は自分ももっと頑張らねばという気持ちにさせられる。

「玲於奈《れおな》ー、夏葵《なつき》ー！　愛してるー！　パパの愛が詰まったアップルパイをご馳走《ちそう》するから、機嫌直してー！」

カメラに向かって妻子に猛アピールする飯島に、渚はそっと囁《ささや》きかけた。

「あの、夏葵ちゃんはまだ一歳未満ですよね？　これ蜂蜜《はちみつ》が入ってるので、夏葵ちゃんには違う形で愛を伝えてあげてください」

囁きはマイクに拾われ、再び爆笑が起こる。

二日目分以降の収録も、終始横田の手厳《てきび》しいツッコミに、飯島がボケたりノリツッコミをしたりして、渚が時々天然を炸裂《さくれつ》させるというテンポのいい雰囲気で終わった。

「いやぁ、これ、オンエアが怖いなぁ。さらに叩かれたらどうしよう」

一週間分の収録が終わると、飯島はそうぼやきながらも、満足げな笑みでナチュラルに渚をハグしてきた。

「でもすごい楽しかった。ありがとう、渚くん」

「いえ、こちらこそ、いつもより活気のある番組になって、よかったです」

「ホントに？　よかったー。あ、ねえ、今日のお礼に、今度ごはん誘ってもいい？　渚くんの電話番号、高校生の頃と変わってない？」

そういえば十年近く前になにかの折に連絡先交換をしたことがあったが、会うのは常に親がらみだったので、直接連絡を取り合ったことは一度もなかった。

「変わってないです」

「じゃ、連絡するね」

「よろしくお願いします」

「お疲れ様です」

背後から背筋が痺《しび》れるようないい声がした。

振り向くと、横田がにこやかに立っている。

「あ、横田さん！　今日はお世話になりました」

「こちらこそ。飯島先生のチーズケーキ、すごくおいしそうでした」

「あとでぜひ、試食してください！　それにしても横田さん、本当にいい声ですね。うちの奥さん、モエルンジャーの大ファンなんですよ。今日の仕事のことで、また自分ばっかずるいって怒られそうです」

飯島の台詞に、渚にしては珍しく前のめりになる。

「玲於奈さん、モエルンジャーを観てるんですか？」

「そうなんだよ。もしかして渚くんも？」

「はい」

「一緒に語り合える仲間がいなくて淋《さみ》しいって言ってたから、今度相手してやってよ」

「俺でよければ喜んで」

「やった！　奥さんにいいお土産話《みやげばなし》ができた」

人懐っこい飯島は、再び渚をハグしてくる。後ろで横田が咳《せき》ばらいをした。

「あの、さっきのご飯の話ですけど、俺もご一緒させていただいてもいいですか？」

横田の提案に、飯島はそちらを向き直った。

「もちろん！　横田さんと飯食えるなんて光栄だな」

飯島はごく自然に横田に向かってハグのポーズをとったが、一瞬後、苦笑いで手を引っ込めた。

「いや、これはなしですね」

「なし？」

「いや、男同士で抱き合ってもねえ？」

横田は不服げな表情になる。

「でも、渚先生とは散々ハグしてましたよね？」

「渚くんは幼馴染みだし。それに、男とか女とかいうのを超えて、こう、自然とハグしたくなるたたずまいというか、吸引力があるじゃないですか、渚くんって」

横田は渚と飯島を見比べた。

「あ、僕、失礼なこと言っちゃいました？　ご希望とあらば、もちろん横田さんとも可能です」

再び両手を広げた飯島に、

「いえ、お気遣《きづか》い不要です」

横田がいつにない素っ気《そけ》なさで返した。

飯島は明るく人懐っこくていい人なのだが、たまに無意識に人の神経を逆撫《さかな》でしてしまうところがあると、飯島の母親が心配していた。今回の不倫騒動も、飯島をよく思わない人間の悪意から起こったことではないか、と。

渚は特に飯島と親しいわけではないが、飯島が裏表のないいい人だということは知っている。双方にお互いのことを悪く思って欲しくなかったので、二人の間を取り持つように、笑顔で飯島に話しかけた。

「またぜひ、ゲストで来てくださいね。……って俺がそんなこと言うのもおこがましいんですけど。もともとは良太さんの番組だったはずなのに」

「いやいや、その節は急な話で迷惑かけちゃって。ホントごめんね」

「いえ、そんな。でも俺なんかで務まるのか不安でした。今も毎回不安ですけど」

「すごく評判いいじゃないか」

「横田さんの天の声のおかげです」

「名コンビだよね。てかさ、当初は僕一人でまわすっていう話で、天の声なんてキャスティングになかったけどな」

「良太さんはしゃべりも得意だから。俺は頼りないから、横田さんが助っ人に入ってくれることになったんだと思います」

「テントウムシで泣いてた頃に比べたら、随分《ずいぶん》頼もしくなったと思うよ？」

からかい顔でまたその話を蒸し返されると、横田の手前気恥ずかしくて、渚は赤くなって「やめてください」と抗議した。

飯島が帰り、撮影の後片付けも終わったあと、次の仕事までまた少し時間があったので、渚の部屋でしばし二人の時間を過ごした。

「今日はいつもと少し撮影の勝手が違ったから、別のドキドキ感がありましたね」

お茶を淹《い》れながら渚が言うと、「そうですね」と横田も頷いた。

「渚くんと飯島先生が、あんなに親しいというのも、今日初めて知ったのでびっくりしました」

「親しいっていうほどじゃないんですけど、親同士が知り合いなので、なんとなく昔からつきあいがあって……」

テントウムシのエピソードを蒸し返されたりすると恥ずかしいので、渚はさりげなく話題をずらした。

「それにしても、今日も横田さんのお仕事ぶり、素敵でした。絶妙なツッコミぶりで、やっぱり台本も、プロの手にかかると面白《おもしろ》さが違うなぁって思いました」

「台本っていうか、いつもと同じでほぼアドリブなんですけど」

横田がちょっと気まずそうな顔をして言うので、渚は驚いた。

「え、アドリブ？」

「まあ、どこまでつっこんでいいかとか、どんなことを訊《き》くかとかは、おおまかに台本に書かれてるし、ディレクターからも説明がありましたけど」

「自分の判断で、あんなふうにちょっと意地悪っぽくコミカルにツッコミを入れたりできるなんて、やっぱりしゃべりのプロの人ってすごい！」

渚は心底感心して、横田に尊敬の眼差しを向けた。横田は困ったような照れたような顔で笑う。

「いやいや、色々と反省点もあるけど」

「そんな。すべてが天才だと思いました」

「買いかぶりすぎですよ」

「そんなことないです。横田さんみたいに素晴らしい人、滅多《めった》にいないです」

心底そう思う。人の心を震わす美声と、大概《たいがい》の男が羨《うらや》むような容姿を持ちながら、驕《おご》ったところはひとつもなく、努力家で、やさしくて、紳士。

どうしてこんな完璧《かんぺき》な男が、自分とつきあってくれているのだろうかと、もはや何十回めかしれない感慨《かんがい》をしみじみと嚙みしめる。

恋人のパーフェクトさを意識すると、また胸がドキドキしてきて、渚は横田の目を直視できなくなって、視線を伏せた。

横田の手が、ふと隣に並んだ渚の肩に置かれた。

「ねえ、渚くん。飯島先生とは……」

なにか聞きたそうに横田が話しかけてきたが、肩に触れられた途端、渚の心臓はばっくん

ばっくんと激しく脈打ち、それに合わせて身体まで、しゃっくりのときみたいに振動してしまう。

困ったことに、この症状ときたら日を追うごとに悪化している気がする。

両想いの直後は、ただただ頭に血がのぼってふわふわしていたが、横田とつきあっているのだという事実を改めて意識すればするほど、二人きりになったときに異常にどきどきしてしまう。

とにかく、生で聴く横田の声の破壊力は半端ではないのだ。

「……渚くん？　震えてるけど大丈夫？」

「す、すみません、なんか緊張して」

「どうして？　さっき飯島先生に触られたときは、なんともなさそうだったのに」

「良太さんは幼馴染みなので」

単なる幼馴染みだから、どきどきする理由もないのだと言いたかったのだが、ふと横田の表情が陰った。

なにか誤解させる言い方だったかと言葉を足そうとしたら、横田はすぐに紳士的な笑みを浮かべて、渚の肩から手をどけた。

「じゃあ、俺も幼馴染みなみに心を許してもらえるように、頑張らないと」

「そういう意味では……」

「とりあえず、渚くんが酸欠になるようなことはしないので、リラックスしてください。そうだ、『ラジオもモエルンジャー』が今日更新のはずだから、一緒に聴きましょう。今日の担当は確か四ノ宮《しのみや》のはずです」

朗らかに言ってスマホを取りだす。

レッド隊員の解説とツッコミつきで聴くインターネットラジオはこのうえもなく贅沢《ぜいたく》で、なんて幸せ者なのだろうかと意識すると、またドキドキしてきた。

おそらく、これは引きこもりがちな自分の性質のせいもあるのだろうなと、密《ひそ》かに分析する。刺激の少ない生活の中で、突然こんな王子様が降ってきたら、五感への刺激が強すぎて、自律神経のバランスもおかしくなるというもの。

ドキドキしすぎず対等につきあうためには、まずは世慣れなくてはならない。そして、もっと横田にふさわしい、面白《おもしろ》みがあって深い人間になるために、仕事も頑張らなければ。

傍《かたわ》らの横田の気配にドキドキしながら、渚なりに向上心を奮《ふる》い立《た》たせるのだった。

4

半分社交辞令だろうと思っていたが、一週間後、飯島《いいじま》は本当に誘いの連絡をくれた。

少しでも世慣れた人間になりたいと思っていたところだったので、渚《なぎさ》はありがたく誘いに応じることにした。

待ち合わせの居酒屋で、まずは二人で乾杯した。

「今日、横田《よこた》さんも来れるんだっけ？」

「ええ。少し遅れるって言ってましたけど」

横田は仕事が忙しくて、この間の収録以降会えていなかったが、連絡はほぼ毎日取り合っている。飯島に食事に誘われた話をしたら、『遅れるけど、俺も必ず行きます！』という返信があった。

多忙な合間を縫《ぬ》ってでも横田に会いたいと思わせる飯島の求心力は大したものだと感心する。元の性格が違うから飯島のようになるのは無理だろうが、少しでも魅力があると思ってもらえる人間になりたいので、今日は存分に観察させてもらおう。

「この間のオンエア、毎日楽しみにリアタイしてるんだけど、改めて見てみると、横田さん、僕へのあたりが若干《じゃっかん》きつくない？」

飯島がどういう意味で言ったのかはともかく、渚の脳内でそれは褒《ほ》め言葉に変換された。

「ツッコミの演技、めちゃくちゃうまいですよね、横田さん。さすがプロだなって俺も感心しました」

「演技……。まあそうか、彼、声優さんだもんな。うますぎて、嫌われてる？　なんて一瞬思っちゃったけど、確かに彼の辛辣《しんらつ》なツッコミのおかげで、僕の好感度、急激に持ち直してきて、感謝感激だよ」

渚もそれは母親経由で聞いていた。横田の絶妙なツッコミと、飯島のぶっちゃけ感は、視聴者にはとても好意的に受け取られたようで、渚も嬉しく思っていた。

中には飯島と横田のコンビで番組をやって欲しいという意見もちらほらあったらしく、それに関しては複雑な心境だったが。

以前の渚なら、それはそうだ、絶対に飯島の方がいいに決まっていると思うばかりだっただろう。今でも正直そう思ってしまっている自分もいる。

一方で、負けん気とまではいかないが、おどおどと身を引くのではなく、自分も少しでも認めてもらえるように頑張ろうという感情も芽生えていた。

エゴサーチは避けてきた渚だが、番組を始めてからは、局の公式ツイッターに寄せられる感想をスタッフから見せられたりして、否応《いやおう》もなく視聴者の反応を知ることとなった。

予想外に好意的な意見が多く、のんびりした進行に癒《いや》されているとか、紹介されたレシピを試してみたらおいしかったなどの意見をもらうと、とても嬉しく、もっといい番組にしたいという、今までになかったモチベーションが湧いてきていた。

そういう気持ちをうまく言葉にできない話し下手《べた》な渚とは対照的に、飯島の話は相変わらず面白《おもしろ》い。

番組出演や反響に対して、渚への感謝から始まって、家族の反応、そこから家族の日常話へと自在に話題は変わっていく。

サービス精神旺盛《おうせい》なところは昔から変わっておらず、身振り手振りの大仰《おおぎょう》な話はとても愉快だった。

「昨日もさ、夏葵《なつき》がママのおっぱいから離れないから、そもそものおっぱいはパパのものなんだから、たまには譲《ゆず》れよって言ったら、玲於奈《れおな》がこう僕の顔に両手ビンタをくらわせてきて」

飯島はそのときの様子を再現するように、渚の頬を両手でぎゅっと押さえつける。

「いくらまだ夏葵が小さいからって、子供の前で下品な冗談を言うなって怒られて……」

飯島の熱演に想わず笑ってしまったが、飯島の視線がふっと横に動いたので、渚も頬を挟《はさ》まれたまま、視線を横に向けた。

間仕切りの脇から、横田が目を丸くしてこちらを見ていた。

「あ、横田さん！　先日はどうも」

飯島は身軽に立ち上がって、横田をテーブルに招き入れた。

「急に誘ってしまってすみません。でも横田さんと飯食えるなんて嬉しいな」

「こちらこそ」

「早かったですね。仕事、大丈夫でしたか？」

渚が訊《たず》ねると、横田は額の汗をぬぐいながら、爽《さわ》やかに微笑《ほほえ》んだ。

「思いのほか進行が巻いたので」

予定より早く仕事が終わったのもさることながら、いつもスマートな横田が、汗をかくほど急いで来たのかと思うと、人を惹《ひ》きつける飯島の魅力はすごいなと、また感心する。

横田が飲み物を注文すると、再度乾杯して、飯島はまたひとしきり横田に礼を言った。

「横田さんのおかげで、地に落ちていた僕の好感度も少し持ち直したみたいで、本当にありがたいです」

「いや、そんな。飯島先生のお人柄《ひとがら》が、ストレートに視聴者の皆さんに伝わったからですよ」

横田が微笑《ほほえ》んで返すと、飯島は両手で自分の胸を押さえた。

「うわ、いい声でそんなふうに言われると、男でもドキドキするなぁ」

飯島の率直な反応に、渚は心の中で感心する。渚はよほど懇意《こんい》にならないと胸の内をさらけ出せないけれど、飯島は思ったこと感じたことをなんでも口にしていく。こんなことを言ったらこう思われるのでは？　などと勘繰ったり予防線を張ったりしないのは昔からで、こういうところが誤解されることもあるけれど、人から好かれるポイントでもあると思う。

そして、妻子ある男性すらキュンとさせる横田の美声はすごいなどと改めて感嘆していると、注文した料理が運ばれてきた。

キノコのアヒージョの皿を覗き込んで、飯島が渚にいたずらっぽい視線を送ってくる。

「渚くん、しいたけは食べれるようになった？」

「食べれますけど……」

「昔はこの裏側のひだひだを怖がってたじゃん？　僕が『傘《かさ》だよ』って頭に載せたら泣いちゃって」

また恥ずかしい昔話を披露《ひろう》されて、渚は頬を赤らめた。

確かにそんなこともあった。

「渚くんって今でもかわいいけど、小さい頃は見た目も女の子みたいにかわいらしくて、泣き虫だったんですよ。昔、両家合同でキャンプに行ったときもね、茶色いバッタが……」

「良太《りょうた》さん！　昔の話はもういいです」

渚は慌てて遮《さえぎ》ったが、飯島は嬉々として続けてくる。

「茶色いバッタが、渚くんのパーカのフードに飛び込んで……」

「良太さん！」

これ以上の醜態《しゅうたい》を横田の前にさらされたくない一心で、渚は手をのばして飯島の口を塞《ふさ》いだ。

「……んっ、そんなムキになんないでよ、渚くん。かわいい話だし、横田さんも聞きたいですよね？」

横田は端整な顔に薄い笑みを浮かべて、淡々と言った。

「飯島先生、好きな子をいじめて喜ぶ小学生みたいですね」

「えー、ひどい言われよう。まあ確かに、小さい頃の渚くんは性別を超越したかわいさがあったけど。あ、性別を超越っていえば、ピンク隊員の声優さん、男性だってホントですか？」

「そう、男なんですよ。しかも一児の父です」

「マジで？　僕ピンク隊員めっちゃ好きなんですけど」

話はいい具合に逸《そ》れ、そこからはアルコールも入って、さらに会話は軽妙に楽しく盛り上がった。

飯島は話し好きだし、横田は仕事柄なのか人の話にツッコミや合いの手を入れるのがとてもうまい。

まるでトークショーのように展開される二人のやりとりを、渚は最小限の相槌《あいづち》を入れつつ、聴き入っていた。うっかりなにか言うとまた飯島にからかわれそうだし、二人の会話に同じテンポでついていくスキルもなかった。

お開きになって店を出ると、上機嫌に酔っぱらった飯島はまた渚をハグしてきた。

「今日はめっちゃ楽しかったな。横田さんも、ぜひまた飲みましょう！」

駅に向かう飯島と別れ、渚と横田はタクシーを拾える場所に出ようと、肩を並べて歩き出した。

飯島とはテンポよく話していた横田だが、渚と二人になると、急に無口になった。なにか考え込むような硬い表情で、隣を黙々と歩いている。

疲れたのか、それとも話し上手《じょうず》な飯島と過ごしたあとだと、渚相手では物足りないのか。

渚は思い切って自分の方から話しかけた。

「良太さんって、話題が豊富で面白いですよね」

横田は我に返ったように歩を止め、渚の方に顔を向けた。

「ああいうタイプが渚くんの好み？」

思いがけない質問を返されてたじろぐ。

「え？」

「渚くん、スキンシップは苦手だとばかり思ってたけど、飯島先生には平気で触らせるし、触れるんですね」

次々と予想外なことを言われて、渚は薄暗い夜道で目を見開いた。

「いやあの、良太さんは幼馴染みなので……それに、別にスキンシップが苦手とかっていうわけでもないですし……」

不器用で人見知りなので、スキンシップも得意とはいかないが、指摘されるほど苦手だと意識したこともなかったので、当惑する。

横田はいつになく笑みのない瞳で、じっと渚を見て言った。

「でも、俺が触ると、いつもすごく怯《おび》えてますよね？　渚くんはそういうことは苦手なんだと思ってました」

「え⁉」

渚は心底驚いて、声を裏返した。今の話がそこに繋《つな》がるなんて、思ってもいなかった。

飯島にふざけ半分にハグされたり、余計なことを言いそうな飯島の口を塞いだりするのと、横田との触れ合いは、まったく別次元の問題だ。

渚はぶんぶんとかぶりを振った。

「違います！　怯えてなんていません。ただ、ものすごくドキドキしてしまって……」

「……緊張するってことですよね？」

「緊張……」

確かに緊張はする。しかし横田の瞳には、ネガティブな色があって、そういう緊張ではないのだと伝えたくて、渚はコオロギの鳴き声が聞こえる歩道の植え込みの前で必死になった。

「緊張っていっても、マイナスな意味じゃないです。横田さんがあまりにもかっこいいのでっ」

思いがけず大きな声が出てしまい、渚は慌てて咳払いでごまかし、声のトーンを落とした。

「……横田さんはすべてが完璧《かんぺき》すぎて、あの、そういう状況でいい声で囁《ささや》かれると、かっこよすぎてものすごくドキドキしてしまって、それで毎回過呼吸みたいになってしまって……」

「俺に触られるのが嫌だからじゃなくて？」

横田が、まるで渚のようなネガティブな発言をするものだから、渚はびっくりしすぎて唖然《あぜん》となった。

「まさか！　逆です、真逆！　こんなに完璧でかっこいい人が自分とつきあってくれているなんて信じられなくて、なんていうか、アーティストのライブで失神する熱狂的なファンみたいな状態になっちゃうんだと思います」

横田は額を押さえると、突然その場にしゃがみ込んだ。

「横田さん？　大丈夫ですか？」

急に具合でも悪くなったのかと焦《あせ》って声をかけると、横田は笑い出した。

「そんなふうにかいかぶられてたなんて、笑うしかないな」

「かいかぶるなんて……」

「俺ね、両想いになれて最初はガツガツいっちゃったけど、だんだん渚くんが怯えてる気がしてきて、奥手でそういうことに不慣れなのかなって最初は思ったんですけど……」

不慣れなのは事実だ。

「でも、先週の撮影のときも今日も、飯島先生とは触るのも触られるのも全然平気っぽいから、もしかして俺限定で触られたくないのかなって、不安になってたところでした。まさかそんな理由だったなんて」

横田はすっと立ち上がると、渚との間合いを詰めてきた。思わずあとずさるとさらに距離を詰められ、最終的には塀《へい》と横田に挟まれてしまう。

息がかかるほどの近距離で、横田は渚に囁いてきた。

「今も、緊張してますか?」

「緊張……っていうか、すごくドキドキしてます」

こんな近距離で、こんないい声で囁かれて、ドキドキしないはずがない。

横田は困ったような笑みを浮かべた。

「前から言ってますけど、渚くんは俺をかいかぶりすぎです。完璧でかっこいいなんて、誰の話って感じですよ」

「そんなことないです。横田さんはすべてが完璧で、かっこよくて……」

「完璧でかっこいい人間が、仕事に醜《みにく》い嫉妬《しっと》を挟んだりすると思いますか?」

「え?」

「今週のオンエア見て、飯島先生へのツッコミから微妙に見え隠れする自分の感じ悪さに、激しく自己嫌悪に陥《おちい》ってます」

「そんなこと……」

「飯島先生と渚くんがあまりにも仲良しなので、つい素《す》が出て必要以上に意地の悪いツッコミを入れてしまいました」

「そんな……」

あれは計算しつくされた絶妙なテクニックなのだと思っていた。

「今日だって、俺がいない間に二人がベタベタしてたら嫌だなと思って、駅から全力疾走《しっそう》で駆けつけてみたら、案の定、渚くんは飯島先生に顔なんか触られて、まんざらでもなさそうで」

「さっきのは全然そういうのじゃないです！」

「わかっていてもモヤモヤしてしまう、器の小さい男なんですよ、俺は。本当は渚くんのすべてが欲しくてたまらないのに、がっついて嫌われたくないから、必死でやせ我慢してみたり」

「やせ我慢……？」

渚は目を丸くして横田を見つめた。

最近、横田がスキンシップをしかけてこないのは、未熟な渚に紳士的にペースを合わせてくれているのだと思っていた。いや、実際その通りだったわけだが、その裏で横田が、なにかを必死で我慢したり、飯島に見当違いの嫉妬心を抱《いだ》いていたなんて、想像すらしていなかった。

「がっかりしましたか？　思っていたような完璧な男じゃなくて」

「まさか……」

ドキドキは相変わらずだが、いつものパニックに陥りそうな緊張感は薄れていた。

ただただ完璧で、崇《あが》めるばかりだった相手の思いがけない一面を知り、あたたかくてやさしい感情が胸の中に湧き出してくる。

あらゆる面で、〇《ゼロ》と一〇〇くらい差があると思っていたけれど、横田も渚のことで、悩んだり嫉妬したりするなんて。

ひとけのない路地裏の道で、渚は遠慮《えんりょ》がちに横田の腕に手を添えた。

「横田さんのこと、もっと好きになりました」

正直な心の内を伝えると、横田は少年のようなはにかんだ笑みを浮かべて、渚をきつくハグしてきた。

「ああ、ヤバい。よりにもよって満月だし、俺、この場でオオカミに変身しそう」

「それはさすがに……」

「うん、わかってます。渚くんがその気になってくれるまで、俺はいつまででも『待て』ができる我慢強いオオカミですよ」

笑いを含んだ声で横田が言う。

「いえ、あの、いつまでもとかじゃなくて、ここではさすがにまずいので、場所を変えませんか？」

渚が生真面目《きまじめ》な顔で提案すると、横田も真顔になった。

「……それは『よし』の合図ですか？」

「よしだなんて、そんな……。あの、横田さんが嫌でなければという意味で……」

「嫌なわけがないってわかってますよね？　ギネス記録更新する速度で、俺の部屋に向かいますよ！」

横田は渚の手を取ると、言葉通りものすごい早さで大通りに引き返し、タクシーをつかまえた。


部屋に辿《たど》り着《つ》くと、横田は後ろ手に玄関の扉をしめるなり、渚の唇を奪ってきた。

あまりに突然のことに、テンパる暇《ひま》もなかった。

「ん……っ……」

甘く情熱的なキスに翻弄《ほんろう》されているうちに、横田の手が渚のシャツをはぎ取っていく。

「ま……待って……俺、汗かいてて……」

「うん、あとで一緒にシャワーを浴びましょう」

「あと……？」

なんのあとかに思い至って、顔が熱くて焼け焦《こ》げそうになる。

玄関から室内へと移動する狭《せま》い通路に渚のシャツを落とし、自分のシャツも脱ぎ捨てて、リビングに到着すると、横田はソファの上のものを床に払い落として、渚をそこにそっと押し倒した。

再び渚に覆《おお》いかぶさり、キスの雨を降らせてくる。

「渚くん、いい匂い」

「あ……」

出かける前にシャワーを浴びてきたが、冷汗もかいたし飲食店の食べ物の匂いもついていると思うと、なんだか恥ずかしい。

横田も仕事のあとメイクを落とすついでに楽屋でシャワーを浴びたらしく、うなじから香るいつもとは違うシャンプーの香りと、居酒屋のおいしそうな匂いが入り交じって、渚をそわそわとたかぶらせた。

「大好きです」

横田ががつがつと自分を欲しがってくれることが嬉しい。しかし、耳元でいい声で囁かれると、かっこよすぎて、俄《にわ》かに我に返ってしまい、また緊張してくる。

「ごめんなさい、ちょっと待って……」

「ばかなオオカミだから、もう『待て』はできません」

「ひゃっ……」

首を甘噛みされて、渚は背筋を震わせた。

改めて大好きだと再認識して、少しアルコールも入っていて、しかもここしばらく横田からのスキンシップがなかったせいで、渚の身体は敏感に反応した。

横田はいつも以上にやさしく丁寧《ていねい》に渚の身体に触れ、たかめていった。

「あっ、あ……」

刺激に不慣れな渚は、ボトムスをくつろげられて、そこを愛撫《あいぶ》されると、あっという間にたかまり、極めてしまう。

「あ……っ」

はあはあと荒い息をつく渚の髪にやさしいキスを落としながら、横田はゆっくりと指を後ろに滑《すべ》らせていった。

「今日は渚くんの全部をもらってもいいですか？」

耳たぶの際で甘く囁かれると、また心臓が口から飛び出しそうになる。

「……あの……俺も……そうしたいんですけど、また心臓が……」

耳元に直接注ぎ込まれる美声の破壊力は半端ではない。またドキドキしすぎて、どんどん呼吸が早くなり、パニックを起こしそうになる。

「落ち着いてください。ほら、俺がどんなに嫉妬深くてダサい男か思い出して？　ドキドキするような相手じゃないですよ」

「そんな……無理です。だって、ずっと大好きな声の主が、こんな間近で……」

「大好きって言ってもらえるのはすごく光栄だけど、そのせいでここから先に進めないなんて、もどかしいです」

「……ごめんなさい」

「謝るようなことじゃないですよ」

横田は苦笑いを浮かべて、渚に鼻先を押し付けてきた。

「俺の声に緊張するなら、声を出さないように、渚くんが俺の口を塞《ふさ》いでて？」

「……塞ぐ？」

「そう」

どんどん早くなる自分の呼吸にクラクラしながら、渚は間近な横田の顔を見あげた。

横田は舌先で自分の唇をぺろりと舐《な》めた。

その色っぽい動作に誘われて、渚は首を浮かせ、横田の唇に自分の唇を寄せた。

「……んっ……」

磁石が引き寄せ合うように唇が重なり合い、お互いをむさぼり合う。

濃厚なキスに渚が翻弄《ほんろう》されているうちに、ぬめりをまとった横田の指が、渚の奥をゆっくりとくつろげていく。

「ん……っ……」

指の動きに神経が集中しかけて身体が硬くなると、くちづけがさらに深くなった。

「っ……」

絡まり合う舌に意識を戻すと、後ろを更に深く探られる。

興奮か、緊張か、羞恥《しゅうち》か。

あらゆる感覚に翻弄《ほんろう》されて、今まで味わったことのないような感覚に支配される。

身も心もとろけて、ソファの上でどろりと液状化してしまいそうだった。

だんだん意識がもうろうとしてきて、酸素を求めてくちづけをほどくと、

「大丈夫？」

横田が気遣《きづか》わしげに訊ねてきた。

その甘く響きのいい声に、またドキドキ感のメーターが振り切れそうになり、渚は力の入らない手をなんとか伸ばして、横田の唇を塞ぎにかかる。

「……っ、まって、しゃべらないで……」

横田は苦笑いを浮かべて、渚の指にやさしく歯を立てた。

「無理。こんなかわいい渚くんを前にして、黙っていられるわけないでしょう」

「ひゃっ……」

やっぱりいい声すぎるし、かっこよすぎるし、横田の前でこんな痴態《ちたい》をさらすのは無理だと、一気にパニックが加速する。

「は……ぁ、はぁ、はぁ……ダメ、やっぱ……」

横田は渚の指を甘噛みしながら、困ったように少し首をかしげる。

「じゃあ、続きはまた今度。……って言えるのが真のいい男だと思うんですけど……」

「はぁ、はぁ、はぁ……」

「荒療治を試してみてもいいですか？」

「……荒……？」

「渚くんがドキドキしなくなるまで、耳元で囁き続けるのはどう？」

「！」

渚の奥をゆっくりとあやしながら、横田は渚の耳に唇を密着させる。

「大好きです」

「ひっ！」

「渚くん、かわいい」

「や……」

「ここ、だんだんやわらかくなってきましたね」

爽やかなイケメン声優の唇から発せられるあられもない台詞《セリフ》に、ドキドキはさらに増していく。

これ以上速く動いたら破裂してしまうのではないかというくらい心臓が激しく拍動し、もう本当に失神するかもと思ったとき、横田が渚の手首をつかみ、そっと下の方へと導いた。

押し当てられた横田の興奮に、一瞬動悸《どうき》が止まる。

「ねえ、ほら。全然かっこよくないでしょう？　好きな人のことを触っているうちに、こんなことになっちゃったり、勝手な想像で嫉妬して不機嫌になったり。渚くんにドキドキしてもらうようなかっこいい人間じゃないんですよ、俺は」

ボトムスごしに手のひらに押し当てられた隆起に、頬が熱くなる。

自分に対して、横田がこんなふうになるなんて。

「渚くんに触ったときのことを思い出しながら、一人でしたことも何度もあるし」

「え……」

いつも横田は真摯《しんし》で、渚を一方的によくする以外、無理強《じ》いしたことは一度もなかったけれど、実は相当我慢してくれていたのだろうか。

渚の顔を見て、横田は「しまった」とでもいうような表情になる。

「あ、ヤバい。引いた？　神格化されるのも困るけど、ドン引きされて全然ドキドキしてもらえなくなるのも困る」

渚は慌ててかぶりを振った。

「そんな、まさか。嬉しいです、あの、横田さんが俺なんかに……その……そんなふうになってくれて……」

「本当に？　かっこ悪い俺も好きでいてくれる？」

「全然、かっこ悪くなんかないです」

「ありがとう。……じゃあ、渚くんのこと、全部、もらってもいい？」

横田は愛情のこもった眼差《まなざ》しで、懇願《こんがん》するように渚を見つめてくる。

気恥ずかしさと幸福が入り交じって、クラクラしながら、渚は横田の背中に手を回した。

「俺も、横田さんの全部、欲しいです」

「渚くん……」

横田は感無量という声で渚を呼ぶと、もどかしそうに自らのベルトを外しにかかる。

「こういうとき、ドラマみたいに、カットが変わって、一瞬でスマートに服が脱げていたらいいのに」

横田が苦笑いで言う。

「現実って、もどかしくて間抜けで、ちょっと笑う」

そんなふうに茶化すけれど、横田が言うとそれもまたドラマの中のワンシーンのようだった。

着衣を解いた横田が再び覆いかぶさってくると、ドキドキがまたぶり返してきた。

でも、きっとこのドキドキこそが恋なのだと思えば、緊張が少し愛《いと》おしくもある。

「怖いですか？」

身体を重ねる瞬間、横田がやさしく訊いてきた。

「……っ」

未知の圧迫感に身をすくませながらも、渚は横田の腕にすがりついてかぶりを振った。

「怖……くないです。……でも」

「でも？」

「やっぱり、あんまりいい声で喋られると、気を失いそうなので、お手柔《てやわ》らかにお願いします」

横田は「まだ言うか」とまた笑う。

「大丈夫。さっきも言ったけど、声なんてじきに聞き慣れてなんとも思わなくなるから」

「そんなこと、絶対ないです」

「慣れますよ。俺の声も、俺とこんなことをするのも」

「ぁあ……っ」

ぐっと押し入られた瞬間、渚の喉の奥から甘い悲鳴がこぼれた。

「痛い？」

「……くないけど、あ、あ……」

ひとつになる感覚は、味わったこともないものだった。

「……渚くん、そんな声、出せるんですね」

「あ……」

「そうか、声にクラクラするって、こういう感じなのか」

「あっあ……」

「色っぽいな、渚くんの声」

「や……」

横田は情熱的に渚を抱きながら、耳元に唇を寄せてきた。

「渚くんも、俺の声でこんな気持ちになってくれてるの？」

「やっ、だめ……」

艶《つや》やかに濡れそぼった横田の声は、これまで聞いたことのないトーンと色気で、自分のためだけに囁かれているのだと思うと、身体の奥が痙攣《けいれん》するようにきゅんきゅんとなった。

「あ……あっ……」

「中、すごい」

「やぁ……」

「渚くん、かわいい」

「あ……横田さん……横田さん、俺……」

「ん？」

「好きです……」

緩《ゆる》やかにうごめいていた横田のものが、ぐっと質量をまし、渚は背をのけぞらせた。

「あっ……」

「俺も大好きだよ」

耳の奥へと直《じか》に囁かれて、脳が溶け出しそうになる。

「渚くんの好きなところ、エンドレスで言えるよ？」

横田は渚に情熱をぶつけながら、耳元に囁いてくる。

「やさしいところ。かわいいところ。がんばりやなところ」

「ぁ……」

「真面目なところ。器用なところ。耳のほくろ」

「あ、あ……」

ほくろの位置を教えるように唇を寄せられて、渚はひどく感じてしまい身をのけぞらせた。

「それから、感じやすいところ」

「ひゃっ、あ……」

「ここのライン……」

「ん……」

横田は本当にエンドレスで羅列《られつ》する気満々のようで、次々と渚の特徴《とくちょう》を並べ立てていく。

聴覚への愛撫に翻弄され、二十二個目で渚は絶頂へとのぼりつめ、そのまま意識はフェードアウトした。

5

『今週は秋の夜長の夜食特集をお送りしました。いかがでしたか？　ちなみに俺は、梨《なし》のクリームチーズ和《あ》えがめちゃくちゃおいしそうで、今すぐ食べたいです！』

力の入った天の声に、渚《なぎさ》は思わず微笑《ほほえ》んだ。

「このあと、ぜひ、試食してくださいね」

『ありがとうございます！　では早速……と思ったら、今日はまだメールのご紹介が残っていました。ええと、まず、非常に多かったのが、以前放送したそぼろご飯への反響です。すごくきれいに出来て嬉しいというお声、たくさんいただいていますよ、渚先生』

「よかったです。こちらこそ嬉しいです」

『それから、飯島良太《いいじまりょうた》先生へのメッセージも多数いただいています。飯島先生面白《おもしろ》かった、渚先生との幼馴染みエピソードきゅんきゅんしました、良太先生と渚先生の二世コンビで番組をやって欲しいです』

いい声でスラスラ読み上げたあと、『ちょっと待ってよ』と自らツッコミを入れる。

『俺じゃ不満ですかっ、視聴者の皆さん！』

横田《よこた》のコミカルな口調に、スタッフから笑いが起こる。

『誰が何と言おうと、渚先生のバディの座は譲《ゆず》りませんよ！　渚先生は俺のものです！』

相変わらずどこまで台本なのかわからない横田のナレーションに、思わず赤面していると、

『それでは、また来週！』

と、締めの台詞《セリフ》が入った。

慌てて笑顔を取り繕《つくろ》って手を振ろうとした渚だが、カメラ位置を間違え、スタッフからまた笑いが起こる。

おろおろしているうちにカットがかかり、「すみません！」と渚は頭を下げた。

「大丈夫ですよ。最後のボケも含めて、今日もいいもの撮《と》れました」

ディレクターの言葉に、恥じ入りつつもほっとして、渚は正面のマイク前の横田の方に視線を向けた。

マネージャーが傍《かたわ》らに駆け寄り、ジャケットを着せかけている。

今日はこのあと別の仕事があると言っていたから、即刻移動なのだろう。

横田がふと顔をあげ、視線が合う。横田はマネージャーになにか言って、こちらに駆け寄ってきた。

「お疲れさまです！　今日は片付けを手伝えなくてすみません」

「とんでもない！　次のお仕事頑張ってくださいね。あ、そうだ、これ」

渚は梨のクリームチーズ和えをタッパーに移して、フォークを二本添えて手提げ袋に入れた。

「よかったら移動中に、マネージャーさんと召し上がってください」

「うわ、めっちゃ嬉しい！　いただきます！」

横田の笑顔に、胸がきゅんとなる。

初めて結ばれたのは、先週のこと。

その後、横田が海外ロケなどで忙しく、直接会うのは一週間ぶりだった。

「体調とか大丈夫ですか？」

横田が小声で訊《き》いてきた。

ＬＩＮＥでも散々、事後の体調を心配されたが、面と向かって言われるのはなんとも気恥ずかしく、渚は片付けをするスタッフの視線を気にしつつ、「全然大丈夫です」と小声で答えた。

「一週間ぶりの再会が仕事で、しかももう行かなくちゃならないなんて、淋《さみ》しいな」

横田は残念そうな笑みを浮かべつつも、「でも」と続けた。

「仕事、頑張ります。飯島先生に持ち場を奪われないように、もっと頑張って、一般の視聴者さんにも名前を知ってもらわないと」

冗談っぽく言う横田に、渚は真面目《まじめ》な顔で返した。

「さっき横田さんが紹介してくださったメッセージ以外に、横田さんと良太さんのコンビが見たいっていう声がたくさん寄せられているのも知ってます」

「それは……」

「だから、俺も仕事頑張ります」

渚がぎゅっと拳《こぶし》を握って言うと、横田が目を丸くした。

「飯島先生と二人でやった方がいいんじゃないかとか言われたらどうしようって思ったけど、渚くんが前向きで嬉しいな」

「あ……いえ、あの……」

柄《がら》にもない意気込みが恥ずかしくなって、渚は視線を泳がせた。

「時間、大丈夫ですか？」

マネージャーが気を揉《も》んでいるのではないかとその姿を探すと、部屋の片隅で電話をしているところだった。

横田が渚の耳元でそっと囁《ささや》いた。

「渚くんを好きになってよかった」

「えっ⁉」

渚は驚き、赤面する。

「な、何を突然……」

横田はやさしい顔で言う。

「声優って、本来裏方の仕事ですけど、今は表に出る場面も多くて、そういう露出《ろしゅつ》の部分で応援してくれるファンの人たちへの誠意っていう部分で、恋愛を躊躇《ちゅうちょ》していた時期もあったんです」

それは非常によくわかる。横田はいわばアイドルなのだ。渚も、横田のファンに対して後ろめたい気持ちになることはよくある。

「でも、こうして渚くんと幸せになれたら、今まで以上にもっとファンの人たちを幸せにしたいって思うようになって。仕事、頑張ろうって、毎日思ってます」

「俺もです！　こんな親の七光りで提供されている場を仕事なんて呼んでいいのかって、ずっと思っていたけど、横田さんに出会って、目の前のことをちゃんと楽しんで頑張ろうって思えるようになりました」

「ホントですか？　嬉しいなぁ」

電話を終えたマネージャーが、時計を指さして横田を手招きしてきた。

そちらにOKマークを作ってみせて、横田は渚に微笑みかけた。

「あさっての午後はオフなので、一緒に過ごせるのを楽しみにしてますね」

「俺も」

「その時に、渚先生に叶《かな》えて欲しいお願いがあるんですけど」

「なんでしょう？」

横田は周囲を見回して、肩を竦《すく》めた。

「ちょっとここでは言えないな。次に会ったときに、じっくり」

意味深な目でじっと渚を見つめて、横田は「じゃあ、名残惜《なごりお》しいけど、続きはあさって」と言い残して、マネージャーとともに次の現場に向かっていった。

ここでは言えないお願いってなんだろう？

想像したら顔が熱くなってきて、渚は慌てて妄想《もうそう》を頭から追い払い、スタッフと一緒に片付けに励《はげ》む。

「渚先生、お疲れさまです」

ディレクターが声をかけてきた。

「どうでしょう、少し慣れてきたようなら、今度屋外ロケをしてみませんか？」

「屋外ですか？」

「うん。たとえばリンゴ狩りとか、バーベキュー場とかで、アウトドアクッキングなんかやったら、面白いと思うんですよね」

新しいことが苦手で、自分のテリトリーから出るのが怖かった渚だけれど、素直に、チャレンジしてみたいと思った。

「ますます失敗が増えそうで恐縮ですけど、でも、挑戦してみたいです」

ディレクターがパッと笑顔になる。

「よかった！　視聴者の皆さんも喜びますよ。最近の渚先生、意欲的でいいですね」

意欲的なんていう言葉はこれまで渚の辞書にはなかった。

恋のパワーってすごいなと思う。誰かを特別だと思うこと、誰かに特別だと思ってもらえることは、思いもよらない力を生む。

安定を得ると守りに入ってしまうと聞いたことがあるけれど、逆なんじゃないかと渚は思った。

安心安全な場所があるから、冒険できる。今まで尻込みしていたことにも、チャレンジしてみようと思える。

今までにないようなワクワク感を感じながら、渚は自分にそっと気合いを入れて、片付けをするスタッフの中に入って行った。

ますます恋に
落ちていく

昼下がり、横田《よこた》が森澤《もりさわ》家のインターホンを押すと、すぐに瀟洒《しょうしゃ》な玄関扉が開き、渚《なぎさ》が顔を覗かせた。

「いらっしゃいませ」

はにかんだ笑顔で横田を中に迎え入れてくれる。

「これ、ロケ先の広島で買ったお菓子なんですけど」

手土産《てみやげ》を渡すと、渚は恐縮した顔になる。

「いつも気を遣《つか》っていただいてすみません」

「とんでもない。もみじ饅頭《まんじゅう》はご家族用で、この小さいほうの箱は、渚くんのイメージで選びました」

「え、俺のイメージってどんなのだろう。気になります」

遠慮《えんりょ》がちに紙袋を覗き込む渚の姿がかわいらしくて、いきなり抱きしめたくなる衝動《しょうどう》をぐっと抑《おさ》える。

今日の渚は、白と水色のボーダーのカットソー姿だが、ドロップショルダー気味の洗いのかかったやわらかそうな生地《きじ》が、渚のほっそりとした体形を上品に引き立てている。

渚のファッションはいつも、気取りがなくリラックス感があるのに、非常にセンスの良さを感じさせる。本人は着心地重視で選んでいるだけだというが、以前番組のスタイリストが「私が選ぶものより渚先生の私服の方がセンスが上だから、撮影《さつえい》も小物以外は全部ご本人の私服なんです」と言っていて、なるほどと感心した。

「ご両親はお仕事ですか？」

「ええ。二人とも出張で」

「ご挨拶《あいさつ》したかったので、ちょっと残念」

「挨拶……」

その単語になにか含みを感じたのか、渚が反芻《はんすう》してくるので、横田は笑いながらかぶりを振った。

「いきなり『息子さんをください』とか言わないから、心配しないで」

渚はみるみる真っ赤になる。

「そ、そんな、心配とか……逆にうちの親は、『どうぞどうぞ』とか言いそうなタイプなので……」

喋《しゃべ》っているうちにますます顔を赤くして、渚はキッチンへと逃げていく。

「お茶を淹《い》れるので、くつろいでいてください」

男に対してかわいいなどと言うのは失礼なのかもしれないが、一挙手一投足《いっきょしゅいっとうそく》かわいらしいなと、いそいそとキッチンカウンターの向こうに逃げ込む渚を目で追いながら思ってしまう。

料理番組の撮影にも使われる広々としたＬＤＫは、今日も雑誌のグラビアページのように美しく整えられているが、渚の服装と同じで、センスがいいのにまったく堅苦しさがない。

横田自身は片付けが大の苦手で、あまりにもきれいすぎる場所だと落ち着かないタイプなのに、渚の家はいつ来ても居心地がよくホッとする。

美しい花模様のティーポットと、揃《そろ》いのカップが載ったトレーを持って、渚は横田の横に腰をおろした。

紅茶といえばティーバッグ、それすら滅多《めった》に自分で淹れることのない横田は、渚の優雅な所作にいつも密《ひそ》かに見惚《みと》れる。

あまりに見つめすぎたせいか、渚が落ち着かなげに瞬《まばた》きをする。

「俺、なにか変ですか?」

「いえ、逆です」

「逆?」

「美しいなぁと思って」

渚の動揺を示すように、ポットがカップのふちに当たって音を立てる。

「う……美しいっていうのは、横田さんみたいな人のことです」

「どこがですか」

思わず笑ってしまうと、渚は抗議の表情になる。

「アイドル活動もしている横田さんがきれいじゃなかったら、この世にきれいな人なんていないっていうことになります」

「いや、ああいうのは、見た目がどうこうっていうより、ノリとかモエとかの世界なので」

「ノリやモエももちろんですけど、横田さんはめちゃくちゃかっこいいです」

渚は真顔で力説してくる。

「ありがとうございます。じゃあかっこいい俺と、美しい渚くんで、世界最強のカップルということにしましょうか」

「い、いえ、あの……」

「若干《じゃっかん》、世界最強のバカップル感も入ってるかも」

自分で突っ込んで笑うと、渚はさらに真面目《まじめ》な顔で、目を輝かせて言う。

「俺、自分がバカップルになれる日がくるとは思いませんでした。恋愛とか一生できないと思っていたので」

幸せというのは伝染するものだ。渚に幸せいっぱいな目で見つめられて、横田はここ最近の仕事の疲れが吹き飛ぶような気がした。

渚が淹れてくれたお茶は、今日もおいしかった。濃いのに渋みがまったくなくて、思わずうっとりとため息がこぼれるようないい香りがする。

お茶に添えられた栗《くり》のパイは、渚の母親の手作りとのことで、濃厚でとてもおいしかった。

「お土産、開けてみてもいいですか?」

渚が遠慮がちに小箱を手に取る。

「ぜひ」

開封して中を覗き込んだ渚は、目をきらきらさせた。

「かわいい！」

マカロンのような形をした真っ白な菓子は、レモン果汁入りのギモーブにレモン羹《かん》がサンドされている。横田はイベントの際に試食させてもらったのだが、清涼でかわいらしいたたずまいも、やさしい手触りも、甘酸っぱい食感も、すべてが渚を連想させて、つい土産に買い求めてしまった。

「食べちゃうのがもったいないですね」

開封してひとしきり眺め、スマホで写真を撮《と》ったあと、渚は儚《はかな》げな菓子をそっと口に運び、また目を輝かせた。

「おいしい！　甘さ控《ひか》えめで、レモンの香りが上品で」

「ね、渚くんっぽいでしょ？」

渚は、表面にまぶしてある雲母《うんも》のようなものにむせ返ったのか、急に咳《せ》き込《こ》んだ。

「こんな上品なお菓子にたとえられたら、罰《ばち》が当たります」

「いや、まさに渚くんをイメージして作ったようなお菓子だと思うけど」

「そんな……あの、お茶のおかわりいかがですか？」

渚は耳たぶを赤くして、横田のカップにお茶を注いでくれた。

まだつきあい始めたばかりのこの時期、正直に言えば、渚に会えたらすぐにでも抱きしめたいほど気持ちが逸《はや》っていた。

でも、そんな衝動を宥《なだ》めつつ、肩先にほんのり恋人の体温を感じながらゆったりとお茶を飲むのは、なんともいえない至福のひとときだった。

この前、渚にもちらっと話したが、順調な仕事の裏で、横田はここしばらく恋愛をセーブしてきた。キャラクターの声帯としてのみでなく、横田悠陽《ゆうひ》という人間そのものに思いを寄せて応援してくれる人たちがいる以上、仕事に誠実に取り組むためには、自分の恋愛面はひとまず封印すべきだと思ったのだ。

しかし、運命の相手と出会ってしまった。

セーブなんてもっともらしいことを考えていたけれど、それは実は本当の恋をしたことがなかったからだと、渚に出会って初めて知った。本当に好きな相手が現れたら、セーブも封印もあったものではない、と。

しかも、いざつきあってみれば、恋は仕事への意欲や熱意を削《そ》ぐものではなかった。

むしろこんな時間が横田を癒《いや》し、幸せを感じれば感じただけ、それをたくさんの人たちに還元したいと思う。

「そういえば、もう一つお土産があった」

ふと思い出して、横田は自分のバッグの中を探った。

「去年の朗読劇の円盤《えんばん》見本もらったので、よかったらどうぞ」

「え、いいんですか？　ありがとうございます！」

渚は目を輝かせる。

「ひまなときに、見てみてください」

「今、ちょっとだけ見てもいいですか？」

自分の出演作を誰かと一緒に鑑賞するのは意外と恥ずかしいものだ。

しかも、せっかく会えたのだから、ビデオ鑑賞などではなく、二人で会ったときにしかできないことをしたいとも思う。

しかしわくわくした目で懇願《こんがん》されると弱い。

「いいですよ、どうぞ。でも俺は恥ずかしいので、隣で寝ていてもいいですか？」

「もちろん。あ、布団出しましょうか？」

渚は時々やや天然なところもあって、そんなところがまた横田のツボをついてくる。

「いえいえ。渚くんの膝枕《ひざまくら》をお借りできれば十分です」

「じゃ、ちょっと待っていてくださいね」

渚はいそいそとディスクをセットすると、ソファに戻って、コットンパンツの膝の埃《ほこり》を丁寧に払う仕草をした。

「ごつごつして寝にくいかもしれませんけど、どうぞ」

冗談のつもりだったのだが、真面目に応じてくれる渚に、かわいらしさと愛《いと》おしさを覚え、でれでれしそうになるのを必死でごまかす。

「では、お言葉に甘えて」

ごろりと横になって目を閉じると、「お疲れさまです」と渚がやさしい声で言って、髪を撫《な》でてくれる。

ちょっとだけ、と言いながら、見始めたら渚は夢中になってしまったようだ。シリアスな場面になると、横田を撫でる手が止まる。コミカルな場面では、笑いの振動で小刻みに膝が揺れ、手に汗握るところでは、横田の髪にぎゅっと指を滑《すべ》り込《こ》ませてきたりする。

ダイレクトに伝わってくる反応はどれも素直で、でも控《ひか》えめで、いかにも渚らしい。

育ちの良さがそこはかとなくにじみ出ている人というのが時々いるが、渚はまさにそれだ。喜び方も、悩み方も、おっとりと品がいい。本人は箱入り息子なことがコンプレックスなようだが、育ちというのは、あとから取ってつけることはできない貴重な美点だと思う。

最初の職場でつまずいたあとも、両親のフォローに救われたと聞いた。過剰《かじょう》に立ち入らず、けれどすべてをおおらかに受け入れる上質な家族が、渚の今を作ったのだろう。

そう思うと、いつか渚の両親に交際の挨拶《あいさつ》をするときには、僭越《せんえつ》ながらそこへの感謝を伝えたいなどと妄想《もうそう》に走ってみたりする。

渚の膝は極上の寝心地で、多忙で常《つね》に睡眠《すいみん》不足な横田は本当に寝入ってしまいそうだったが、それを上回る昂揚感《こうようかん》が、横田を眠気から遠ざけていた。

自分の髪に触れる渚の指先をつかまえて、キスしたいと思う。

愛おしい相手とこうして密着していれば、男として当然の欲求がこみあげてくる。

しばらくは頑張って紳士でいようと努めたが、やがて限界が訪れる。

横田がそっと一時停止ボタンを押すと、渚は一瞬「え」と固まった。不満を申し立てられるかと思ったが、逆に「ごめんなさい」と謝られた。

「面白《おもしろ》くて、つい夢中になってしまって」

「そう言ってもらえると、役者としてはすごく光栄なんだけど、プライベートの俺としては、ちょっと焼きもち。せっかくだから、生身の俺といちゃいちゃしませんか？」

「あ……」

「ひきました？　わがままな男ですみません」

「そんな！　俺も……あの、俺こそ、横田さんと本当はもっと……」

渚は気まずげに目を泳がせる。

「すみません、なんだか気恥ずかしくて。プライベートでこうやってゆっくり会うのは、あの日以来で……」

あの日というのは、初めて最後まで愛し合った日のことだろう。

横田の頬に触れる渚の手のひらがうっすら汗ばんでいることに気付く。

いそいそとお茶を淹れたり、渚には珍しくビデオをその場で見たがったりして、ほかのことに気をとられているふりをしていたのは、照れ隠しだったようだ。

「またドキドキしてる？」

横田は下からのばした手を、シャツの上から渚の胸にそっと押し当てた。

「……少し」

少しどころか、渚の心臓は別の生き物を胸の奥に飼っているかのように激しく脈打っていた。

「大丈夫？　また酸欠になりそう？」

「大丈夫です。これは嬉しいドキドキです」

「じゃあ、もっとドキドキすること、してもいいですか？」

「え……」

渚の頰が、いっそう赤くなる。

「ダメ？」

「いえ、あの、よろしくお願いします」

首まで赤くして答える渚が、ひたすらかわいい。

横田は渚の膝から半身を起こし、渚の小さな頭をそっと自分の方に引き寄せた。

唇が触れると、甘い痺《しび》れが全身を走り抜ける。

「ん……」

渚は小さく震えて、甘い吐息《といき》をこぼした。

唇が触れ合う距離で、横田は低く囁《ささや》いた。

「ひとつお願いをしてもいいですか？」

「……もしかして、この前言っていた？」

「そうです」

「……あの、俺にできることですか？」

横田の手のひらの下で、心臓のドキドキがさらに激しくなる。

どんな無理難題を妄想しているのだろうかと苦笑いしながら、横田は大きく頷き、身を起こして渚の隣に座り直した。

「もちろん。俺の三歳の甥《おい》っ子《こ》でも簡単にできます」

渚はほっとした顔になった。

「じゃあ、俺にもできますね」

「うん。すごく簡単なことです。俺のことを、下の名前で呼んでください」

「え……」

「すごく簡単でしょう？」

実際、横田は姉の息子に『悠陽《ゆうひ》くん』と呼ばれている。

渚は緊張した様子で瞬きを繰り返した。

「簡単……確かに……」

「じゃあ、どうぞ」

「あ……ええと、ゆ……」

一文字目を発したとたんにさらに真っ赤になり、悠陽の名前はもごもご渚の口の中でかき消される。

「どうしたんですか?」

「すみません、人を名前で呼ぶことに慣れてなくて」

「でも、飯島《いいじま》先生のことは下の名前で呼んでるじゃないですか」

横田が言うと、渚は初めて気付いた顔になる。

「そう言われてみれば……。良太さんは物心つく前からの知り合いだし、うちの母がそう呼んでいたので、自然に……」

「俺は心の狭《せま》い男なので、実はちょっとジェラシーを感じてました」

様々な表情を映《うつ》す渚の目が、今度は大きく見開かれる。

「うそ、そんなこと……」

「うそじゃありません。渚くんに関しては、俺の心は猫の額より狭《せま》いんです」

堂々と言い切る横田に、渚は笑っていいのか神妙な顔をすればいいのかわからないという表情になる。

「大丈夫、笑っていいですよ」

渚はそっと口角をあげた。

「ジェラシーも冗談？」

「そっちは本気です」

渚は、はにかんだように目を伏せた。

「横田さんにやきもちを焼いてもらえるなんて、ホントに不思議です」

「言ってるそばから『横田さん』ですか？」

「あ……えと……ゆ、悠陽、さん」

初めて呼ばれる名前はくすぐったくて、横田は思いきり笑顔になる。

「すごい。想像以上に嬉しいものですね」

じゃれかかる大型犬のように、横田は渚の唇をついばみながら、ソファに押し倒した。

キスをしながら、ゆったりとしたボーダーのシャツの中に手を滑《すべ》り込《こ》ませると、渚は敏感にびくりと身を震わせた。

「……ん……」

「渚くんの唇、甘酸っぱい」

唇をぺろりと舐《な》めると、渚は真っ赤になって視線を泳がせる。

「よ……横田さんのお土産の味です」

「また名字に戻ってる」

「あ……」

すんなりとは呼んでもらえないもどかしさも、またちょっと楽しいけれど。

「名字で呼んだら罰《ばつ》ゲームっていうルールにしようかな」

横田が言うと、渚は怯《おび》えたように横田を見あげた。

「……どんな罰ですか？」

他愛《たわい》ない悪ふざけのつもりで言ったのだが、渚があまりにも生真面目に訊《き》き返《かえ》してくるので、方向性を間違えたかもと反省する。

「いや、罰ゲームはなし。じゃあ、名前で呼んでくれたら、呼んでくれた数のキスをプレゼントっていうのはどうですか」

おふざけでも『罰ゲーム』という表現はネガティブなので、ポジティブな戯《たわむ》れに転換しようと思って咄嗟《とっさ》に真逆のことを言ってみたのだが、言ってしまってから、俺って何様？　と焦《あせ》る。深く考えずに単純に真逆にしただけなのだが、ますます渚をドン引きさせること間違いなしな発言だった。

「あ、すみません、間違えました。そうじゃなくて、ええと……」

渚に笑ってもらえて、かつすんなりと名前を呼んでもらえるような楽しいアイデアはないかと頭の中を探っていると……。

「……悠陽さん」

小さな声で、渚が言った。

「え？」

「悠陽さん、悠陽さん、悠陽さん、悠陽さん」

耳たぶまで赤くして、目を泳がせながら、渚が横田の名前を呪文《じゅもん》のように連呼する。

なにこれ。かわいいにもほどがあるだろう？

頭の中でクラッカーが鳴り、なにかがブツっと切れる音がした。


結局、名前の数の百倍くらいキスをした。

もちろん、キス以上のこともたっぷりと堪能《たんのう》したのだった。

あとがき

AFTERWORD

―月村　奎―


こんにちは。お元気でお過ごしですか。

お手に取ってくださってありがとうございます。

声優と料理研究家という、世間に名の知れた人気者二人の今回のお話、わりと華《はな》やかな設定にしたつもりだったのですが、私が書くとやはりなんでも地味になってしまいます（汗）。

さらに、表題作を書いたときには、続篇で渚《なぎさ》の前の職場の先輩を登場させようと思っていたのに、全然違う話になってしまいました。綿密なプロットを作るのが苦手で、書きながら話を考えるため、毎回「え、そっち？」と自分に振り回されて、オロオロしながら書いています。でも、今回も大変楽しく書かせていただきました。読んでくださった皆様にも、少しでもお楽しみいただけるところがあったら嬉しいです。

作風は地味ですが、志水《しみず》ゆき先生の美しいイラストが大変華やかで、幸せです。

各イラストはもちろん、設定の段階でキャラクターからインテリアに至るまで、何パターンも緻密《ちみつ》で美しいラフを描いてくださって、感動に打ち震えました。

志水先生、お忙しい中、素晴らしいイラストを本当にありがとうございます。こうしてまたご担当いただけて、とても幸せです。

なにか近況でも記したいのですが、ご披露《ひろう》するほど面白《おもしろ》おかしいことがなにもなくて、残り一ページ、何を書いたらいいのかと三日三晩悩んでいるうちに締切を過ぎてしまいました。どどどうしよう……（汗）。

あ、そういえば先日、久々に体重を測ろうとしたら体重計が壊れていたため、新しいものを購入しました。体重計というか、最近は体組成計なんですね。おそるおそる計測してみたところ、意外にも体内年齢が実年齢より十六歳若いと表示され、目を疑いました。

これって、何を基準に算出しているのでしょう。引きこもりで一日の平均歩数は百歩くらいだし、もちろん運動は一切しないし、それどころかスマホより重いものは滅多《めった》に持たないし、お菓子ばっかり食べてるし、およそ健康にいいことをした記憶がない……。実際、体調がいい日がほぼないくらい、毎日どこかしら不調で悶々《もんもん》としております。

妹に話したら、「そういう機器って、ポジティブにやる気を呼び起こすために、いい数値が出るようになってるんじゃない？」と言われました。そんなおまじないみたいなメカなのか？確かに、ちょっとポジティブな嬉しみは感じましたが、やる気はむしろまったく出ない。この生活でよかったんだな、引き続きゴロゴロしようという確信を深めただけでした（最低）。

最後までおつきあいくださり、本当に本当にありがとうございました！

またお目にかかれますように。

この本を読んでのご意見、ご感想などをお寄せください。
月村 奎先生・志水ゆき先生へのはげましのおたよりもお待ちしております。

〒113-0024　東京都文京区西片2-19-18　新書館
[編集部へのご意見・ご感想] ディアプラス編集部「耳から恋に落ちていく」係
[先生方へのおたより] ディアプラス編集部気付　○○先生

-初出-
耳から恋に落ちていく：小説DEAR+18年ナツ号（Vol.70）
もっと、耳から恋に落ちていく：書き下ろし
ますます恋に落ちていく：書き下ろし

[みみからこいにおちていく]
耳から恋に落ちていく

著者：**月村 奎** つきむら・けい

初版発行：2019年9月25日

発行所：株式会社 新書館
[編集] 〒113-0024
東京都文京区西片2-19-18　電話（03）3811-2631
[営業] 〒174-0043
東京都板橋区坂下1-22-14　電話（03）5970-3840
[URL] https://www.shinshokan.co.jp/

印刷・製本：株式会社光邦

ISBN978-4-403-52489-9 ©Kei TSUKIMURA 2019 Printed in Japan